Miluj blížneho svojho

Mária Jurková

FSC
www.fsc.org
MIX
Papier aus ver-
antwortungsvollen
Quellen
Paper from
responsible sources
FSC® C105338

Bibliografische Information der Deutschen Nationalbibliothek:
Die Deutsche Nationalbibliothek verzeichnet diese Publikation
in der Deutschen Nationalbibliografie, detaillierte
bibliografische Daten sind im Internet über http://dnb.dnb.de
abrufbar.

© 2022 Mária Jurková
Zusammenstellung/Zostava: Marian Šujak
Illustration/Ilustrácia: Tatiana Šujaková

Herstellung und Verlag/Výroba a distribúcia:
BoD - Books on Demand, Norderstedt

ISBN: 978-3-75-688357-8

Svojej rodine

20. Január 1986

Dážď mi ticho klopká na okno. V izbe je ticho a teplučko. Deti už spia a Dane, môj muž, oslavuje s kamarátmi svoje znovuzrodenie. Dnes 20. januára je tomu rok, čo mu zachránili život po havárií. Chodí o barlách, ale robí ďalej ako chemický inžinier v továrni v našom malom meste. Tento život napĺňa moje srdce trápením. Na malej zákrute za mestom je jeden strom ešte doteraz poznačený červenou farbou nášho auta. Dva nárazy do stromov, s výsledkom zlomených stavcov na chrbtici, s otrasom mozgu a všetkými ďalšími následkami. A ja tu teraz sedím, hlavu si držím v dlaniach a rozmýšľam. Rozmýšľam, či vydržím tento ponižujúci a ponižovaný život. Život, ktorý nalinkoval môj muž, môj milovaný Dane, tragicky posunutý do role tyrana. Z Daneho sa stal tyran plný nenávisti ku všetkému, čo je krásne. Ako bolestivý motív v duši vracia sa hrozná tragédia a nedá sa zabudnúť. Ako „Osudová[1]" zaznieva v myšlienkach Daneho a ničí všetko teplé a ľudské okolo nás.

Som na konci svojich normálnych i morálnych síl. Pourážaná a zdeptaná na najhoršiu ženu na svete a vlastne ani neviem prečo. Nájdem silu sama v sebe odrážať Daneho útoky plné sebectva a nenávisti? Hrozím sa i malosti a úbohosti svojich myšlienok. Pri väčšej námahe strácam sebakontrolu. Som schopná vracať bolesť, ubližovať a ponižovať dušu človeka? Vidím ako málo zvládam. Môj rozkolísaný duch nevie, kde sú hranice ľudskej obete.

Kľakám si na kolená a prosím z hĺbky srdca: Bože dobrotivý, neodopri lásku srdciam našim, pokorne Ťa prosím.

---

[1] Ludwig van Beethoven: Symfónia č. 5, Op. 67

27. Január

Breza sa mi skláňa do okna. Jarné okvetie pre novú jar má už pripravené na konci vetvičiek. Jej konáriky sa ľahko prehýbajú. I keď sú ešte holé, zachytávajú nepríjemný severák, ktorý skučí okolo domu. Do južných okien domu svieti nedeľné slnko. Je jasné a radostné. Pod jeho vplyvom sa mi celý svet zdá zázračný. Je nedeľa a my ideme navštíviť mužovho priateľa. Dane rozhodol, že auto budem riadiť ja, aby mohol piť s priateľom. Jeho zlostné oči pozerali na mňa akoby hľadali príčinu na hádku. Auto bolo dosť špinavé z dnuka i z vonka. A už sa hádka rysovala:

„Prečo musím mať len ja auto na starosti? Jazdíš na ňom tak ako ja. Špinavé auto je aj tvoja vizitka!"

To jasné slnko spôsobilo, že som mala ešte jas v sebe, ktorý dráždil Daneho. Nič som nepovedala. Chvíľu sme išli ticho, ale za mestom znovu vychrlila Daneho zloba:

„Keď sa ide k môjmu priateľovi, tak košík nenesieš. To len tvojej mamičke a sestričke milej sa nosia dary. To ste vy! Celá tvoja sebecká, lakomá rodina i s tvojimi deťmi!"

„Tak!"

Zloba sa už dostala aj ku mne. Zlostná a nenávistná zalomcovala mojou dušou. Ideme k chorému položiť mu svoju zlobu na posteľ, aby ho prigniavila. Zdalo sa mi, že zloba, závisť, chamtivosť a neúmerná drina sú chorobou dnešného ľudstva. I my ideme s ňou, ako vzory človeka bez harmónie. Keď sme prišli k priateľovi Števovi, položila som kľúče na sedadlo auta a odbočila som na cestu do neznáma. Nie, nemôžem ísť s takouto pretvárkou k posteli chorého. Nepočujem volanie Daneho, kráčam bez cieľa a narážam do ľudí. Už som minula železničnú stanicu, obchádzam autobusové zástavky a nohy ma nesú samé na výjazdovú cestu na okraji mesta. Začalo pršať. Chladný vietor i dážď mi prenikajú až do kosti a ja stojím na okraji cesty, odhodlaná stopovať. Sama neviem prečo. V duši mám už pokoj a pokora stopárov sa mi vrýva do srdca. Z prvého auta, ktoré zastavujem, sa na mňa usmieva malé chlapča:

„Vezmeme Vás, ale ideme len za mesto."

„Ďakujem, ale to je málo."

„Vezmeme Vás, ale ideme len do susednej dediny", zastavuje pri mne druhé auto.

Odrazu sa zima stráca a vánok jari mi blaží dušu.

„Veď sú tu ľudia s celkom láskavým ľudským srdcom", vravím si.

A už sa otvárajú dvere ďalšieho auta a z nich volá ženský hlas:

„Poďte, veď ste celkom premrznutá. I keď Vás nedovezieme až domov."

Pani je zhovorčivá. Rozpráva o svojej ceste a ja som vďačná že môžem iba počúvať. Prešli sme rýchlo dvadsať kilometrov. Zaviezla ma ku križovatke autostrády, aby som mala lepšie podmienky na stop. Poďakovala som sa, ani som nemyslela na platenie. Znovu stojím na kraji cesty. Zdvíham ruku, ale auto nezastavilo. O chvíľu pricúvalo naspäť.

„Odpusťte, neskoro som Vás zbadal", ospravedlňuje sa mladý muž. ktorý vyšiel z auta. Zdá sa mi, že ho poznám, ale neviem odkiaľ. Otvára mi dvere auta. Ponúka mi predné sedadlo vedľa seba. Auto je príjemne vykúrené a z magnetofónovej pásky tíško znejú moje obľúbene juhoslovanské melódie. Príjemná ušľachtilá tvár, na čelo mu padajú čierne, máličko zvlnené vlasy. Mlčím, lebo sama nemám rada uhovorených stopárov. Trochu asketický výraz na tvári, pozorujem svojho mladého vodiča, ale i tak ho neviem zaradiť.

„Za pol hodiny sme doma, pani doktorka. Vy ma nepoznáte, ale ja chodím ku vám na vyšetrenia so svojím spolubratom."

Podal mi ruku a pokračoval:

„Som kaplán z mestského kostola v Skalnom. Vy nechodíte do kostola. Ešte som Vás tam nevidel."

„Nie, žiaľ nechodím do kostola. Nevedela som, že máme v Skalnom takých sympatických kaplánov. Ako študentka, ba i ako zamestnaná som do kostola chodila. Neskoršie to už nebolo možné, veď poznáte dnešný život."

„Ak budete mať čo i len najmenšiu možnosť, dovoľujem si Vás pozvať na svätú omšu. Mávam omšu v nedeľu o ôsmej hodine vo farskom kostole. Pripravím si kázeň pre Vás."

Bolo by zaujímavé vypočuť si kázeň tohto sympatického kaplána, myslela som si v duchu.

„Ťažko mi je sľúbiť, do nedele je ešte týždeň. Mám muža, dve deti, oni mi pripravujú program týždňa i nedele."

Kaplán obišiel kostol i faru a zastal pred naším domom.

„Viete", vysvetľuje kaplán, „doktor Vavro je môj priateľ. Býva neďaleko od Vás, preto viem kde bývate."

„Ostávam Vašim dlžníkom, pán kaplán. Možno budem mať príležitosť splatiť vám dlh."

„Radosť je na mojej strane. Možno. ak Vás raz uvidím v kostole, dlh bude splatený."

Podala som mu ruku a z jeho očí prebehla ku mne akási prosba. Zatvoril dvere auta a ešte mi zakýval na rozlúčku.

10

4. Február

Náš syn Daniel, hovoríme mu tiež Dane, chodí druhý rok na SVŠ. Je vysoký, štíhly. Tvár má mierne podlhovastú, veľké modré oči a trochu ryšavé vlasy. Možno povedať, že je to pekný chlapec. Dobre sa učí a je dobrý vo volejbale. Všetci sme poznačení otcovým úrazom. Nervozita a agresivita sa v poslednej dobe striedajú s pijatikou. Pred úrazom sa otec a syn mali radi, rozumeli si. Chodili spolu na volejbal a otca tešili Dankove dobré výsledky. Manžel bol predsedom rodičovského združenia na SVŠ[2] a na syna bol hrdý. Teraz čím ďalej tým menej si rozumeli a prezývka „plameniak", ktorou ho otec častoval, mi drásala srdce.

Opravovala som bielizeň pri dcére. Syn niečo rátal a dcéra Inga cvičila na klavíri. Môj muž akoby bol vycítil túto pohodu v domácnosti. Vybehol zo svojej izby nahnevaný za Ingou a rozkázal jej, aby ihneď zmizla od klavíra.

„Neviem ešte úlohu. Musím cvičiť", prehlásila Inga, a znovu brnkla na klávesy.

Vtedy, akoby sa boli roztrhli pekelné hrádze a zlo sa sypalo na nás. Dcéra dostala facku a urážky sa sypali na nás všetkých. Deti sa začali brániť. Urážky vracali a ja tiež. Doslova sme boli vtiahnutí do zloby môjho muža.

„No len ty dačo vrav, ty plameniak!", zasipel muž.

To slovo mi v okamihu otvorilo môj svet nemohúcnosti. Už niekoľkokrát som si uvedomila zbytočnosť povedať čo i len slovo. V tomto podnapitom stave môjho muža nič nemalo význam. Hlas sa mi chvel, viečka nezdržali nápor zloby a slzy sa začali liať po mojej tvári. Syn odchádzal do svojej izby. Na

---

[2] Stredné všeobecnovzdelávacie školy - sem boli začlenené gymnáziá od roku 1953 do roku 1968, v čase deja tejto knihy sa jedná o archaizmus a opäť sa hovorilo o gymnáziách.

okamih som zazrela ešte jeho roztrasené plecia. Inga zavrela klavír a nahnevaná pozerala na mňa. Vo mne doznievala hanba za seba, za deti, za muža. Doznievala vo mne hrôza pekla, ktorá nás všetkých premohla. Zdanlivé víťazstvo muža! I keď sú okná a dvere zatvorené vyháňa von posledné zvyšky porozumenia, nehy a lásky. Odišla som tiež do svojej izby. Sadla som si na posteľ a znovu som začala plakať. Slzy mi stekali po tvári, rukách, na stôl, na obrus.

Vynárajú sa mi v mysli obrazy z nášho života. Bezstarostný študentský život. Augustový turnus brigády vysokoškolákov na Vážskej priehrade pri Nosiciach sa blíži ku koncu. Bežím bosá po lúke v krátkych nohaviciach a letnej blúzke. Neďaleko som zbadala vedúceho tábora, ako si to mieri ku mne. Tvárila som sa, že ho nevidím. Pridala som do kroku a nechala som ho za mnou. Ešte tri dni a pôjdeme domov. Večer prišiel za mnou spolužiak z ročníka a z mosta doprosta sa ma spýtal:

„Počuj, Inga, chodíš ty z niekým?"

„No, nehnevaj sa", odpovedala som, „čo je to za otázka? Čo je už teba do toho?"

„Vieš, Inga, to ma poslal vedúci Dane, aby som sa to nenápadne od teba dozvedel."

„Tak mu nenápadne povedz, že chodím a že ho veľmi ľúbim."

„Ale, Inga, netáraj. Veď ťa poznám. Spolužiaka z krúžku len tak neoklameš. Všetci v krúžku vieme, že s nikým nechodíš."

„Zato, že s nikým nechodím, môžem ho ľúbiť", tvrdila som Kornelovi.

„Vieš čo, keby som nevedel, ako nás všetkých vodíš za nos, aj by som ti to uveril. Aby si vedela, aj tak mu poviem, že s nikým nechodíš", ešte sa zasmial a utiekol.

Na druhý deň som vstala už o šiestej. Bol to piatok a v sobotu sme mali odchádzať z tábora. Musela som si poprať bielizeň lebo doma ma určite čakala mama s kopou práce. Už sme nepracovali. Bolo sedem hodín. Ešte som si prala tenisky, keď sa pri mne pristavil vedúci tábora Dane.

„No dievča, ty si toho už poprala. Ešte aj tie tenisky aké budeš mať pekné. Pozri moje sú aké špinavé. Čo keby som ich tak prisunul do tvojho lavóra."

„No, čo by sa stalo, tak ich vyzuj!"

Dane sa naozaj vyzul. Bola som veľmi prekvapená a nevedela som ako sa z toho dostať.

„Vieš čo, dáš mi čestné pionierske, že to nikomu nepovieš", povedala som Danemu a hodila som jeho tenisky do vody. Stiahol si aj ponožky a ostal bosý.

„Ja to ani nemôžem prezradiť, lebo tvoj čatár ťa navrhol na vzornú brigádničku. Diplom máš už vypísaný. Ale i tak by mohli povedať, že si ho dostala za tie vypraté tenisky. Vidíš, že to nemôžem povedať", usmial sa na mňa tým krásnym úsmevom, ktorý som obdivovala celé tri týždne.

„Dnes už budík nebude", pokračoval Dane, „musím sa ponáhľať na štáb, maj sa."

Dane bol naozaj pekný. Štíhly, vysoký, čiernovlasý s modrými očami. Neuveriteľné! Ešte aj vedúci brigády a navyše skončený inžinier. Všetky dievčatá boli doňho zaľúbené a ani mne nebol ľahostajný. Ale keď sa pri mne párkrát pristavil, bola som strohá. Hovorila som si: Nemysli si, že patrím do tvojho háremu. Bolo na ňom vidieť, že vie o svojich prednostiach.

Mali sme už voľný deň. Niektorí odišli do mesta, iní do hory, do lesa. Ihrisko bolo tiež plné. Chystala som sa pridať k volejbalistkám, keď som zbadala Daneho. Išla som pred ním k šnúram na bielizeň. Viseli na nich už iba jeho tenisky.

„Musím povedať, že od narodenia tie tenisky neboli také pekné", pochválil moju prácu Dane. Šnúry na bielizeň sme mali pri ubytovni neďaleko od ihriska.

„Ďakujem ti pekne, Inga, potešila si ma." Zobral si tenisky a utekal na štáb, lebo medzi dievčatami už nastal pohyb smerom ku nám. Aj ja som odišla do ubytovne, aby som sa vyhla žiarlivým kočkám. Aj tam sa tmolili dievčatá, preto som vyšla zadným vchodom na futbalové ihrisko. Sadla som si k chlapcom na trávu.

„Vážená vzorná pracovníčka, nemám ti čo podložiť pod tvoj vzorný zadoček. Mám len trenírky, ale keby so chcela, aj tie vyzlečiem", trochu výsmešne prehlásil Paľo, ktorý pracoval na štábe a vedel o mojom diplome.

„Áno, vzorná pracovníčka by chcela", prehlásila som so smiechom.

Už sa pripojili všetci okolo a skandovali.

„Vyzlecť! Vyzlecť!"

Paľo si vopchal tenisky do trenírok, zakryl s nimi chúlostivé miesto a hodil mi trenírky za chrbát. Smiech a tlieskanie prilákalo športového referenta Kuba. Ale trenírky už boli u Paľa a už si ich obliekal.

„Poď nám pomôcť, Jakub!", volali z prehrávajúceho družstva na referenta, aby zachránili situáciu. Všetko utíchlo a prišiel ku mne spolužiak Kornel.

„Ten Dane sa do teba nejako zahľadel", povedal Kornel. „Nič som mu nepovedal. Len sa mi vidí, že nás všetkých odpíli."

„Daj pokoj", nahnevala som sa a odišla som na ubytovňu dobaliť si veci.

V sobotu o desiatej už stáli vedúci tábora pred nami. Hodnotili nás ako vzorný tábor. Mne sa ušiel diplom vzornej pracovníčky a k nemu pripnutý lístok od Daneho.

Písal na ňom:

Inga, cestovný lístok máš u mňa. Príď do druhého vozňa vpredu, budem ťa čakať.

Ale nevyplatilo sa mu to. Vlak bol dlhý, plný brigádnikov. Boli tam aj chlapci z nášho krúžku. Kornel mi zobral tašku a zaniesol ju do vlaku. Cestovala som bez lístka, nikto ho od nás nežiadal. V Trnave som vystupovala. Chlapci z nášho krúžku cestovali ďalej, ale v Trnave sa nás z vlaku hrnulo dosť. Z druhého vozňa vystupoval Dane a zbadal ma. Bol smutný, podal mi lístok, lebo som prestupovala na druhý vlak domov do Dubovej.

„Inga, prídem k vám na hody, môžeš protestovať koľko chceš, aj tak prídem."

Zobral mi tašku a zaniesol do vlaku, ktorý mi o minútu odchádzal.

„Maj sa a čakaj ma", kričal Dane, mávajúc rukami.

Zakývala som aj ja, aj som sa naňho usmiala. Vtedy sa Dane začal nahlas smiať a videla som že má radosť.

Sadla som si do známeho vlaku, ale nebol tam z Dubovej nikto. Myšlienkami som bola ešte na brigáde a pri Danovi. Čo si to chcem začať s Danom? V skutočnosti som ešte ľúbila Tóna, hoci už láska vybledala. Tóno nebol krásavec, ale možno ma práve tá jeho plachosť, skromnosť, láska v jeho pohľade a čosi dobré v jeho hlase priťahovali a čarovali lásku. Smiešne, že medzi nami existovala ideálna platonická láska. Dvíhala nás oboch nad oblaky. Robila z nás najlepších žiakov a športovcov. Dva roky sme mali z toho nádhernú radosť. Tóno vtedy odišiel do Moskvy. Jeho otec bol zamestnaný na československej ambasáde. Tóno sa tri roky neozval a ku mne prišiel Dane. Tóno sa vrátil po piatich rokoch. Bol už hotový lekár s trochou praxe, ja som bola vydatá a končila som medicínu.

„Tak, ty si sa vydala, za krásavca", ako všeobecne hovorili Danemu. „Tvoje slová, že sa vydáš až keď skončíš štúdium vlastne neboli ničím", okrem iného povedal Tóno. Naozaj som to povedala, ale nie ako sľub. Bola to len debata a vtedy som si myslela, že by to tak malo byť. Pobúrila ma jeho naivita alebo ktovie, čo v tom bolo. Celých päť rokov sa neozval. V tom momente som si uvedomila všetky Daneho prednosti. Vrátil sa z vojenčiny a zariaďoval byt.

Dane na tie hody k nám prišiel. Získal si celú rodinu ba aj celú dedinu. Dane bol jedináčik. Mamu mal učiteľku, chorú na obličky. Pred desiatimi rokmi zomrela. V tom čase zomrel aj môj otec. V mysli sa my vynorilo aj narodenie nášho Danka. Ako prvý mi ho priniesol môj manžel. Kľakol si ku posteli, v očiach mal lásku a slzy radosti. Pobozkal mi ruku. Dane, môj manžel, sa narodil po pätnástich rokoch manželstva. Pocity pri narodení nášho Danka si priniesol asi z pocitov rozprávania jeho rodičov o jeho narodení.

V kuchyni som počula tiecť vodu. Vrátila ma do prítomnosti. Slzy uschli a nastal pokoj. V kuchyni som našla Danka a rýchlo sme si urobili večeru.

„Otec odišiel", hlásila Inga, keď prišla k stolu.

Potichu sme sa najedli, ale nad všetkými visela bezradnosť a otázka: Kedy sa ocko vylieči? Kedy bude zase taký, aký bol? Čo, keď sa nevylieči a nezmení? Čo bude s nami? Tie otázky boli v nás všetkých, ale neriešili sme ich ani s mojou mamou ani s manželovým otcom.

„Len buď trpezlivá", povzbudzoval ma dedo, ako sme hovorili manželovmu otcovi.

Dedo k nám chodil dosť často. Ako stavebný inžinier pomáhal manželovi stavať náš dom. Teraz nám často pomáha okolo domu. Netuší do dôsledku, aký máme život, ale ma utešuje: „Len vydrž, verím že to prejde. Veď vidíš, že už lepšie chodí, ba začal aj pracovať."

Mne bolo biedne, smutno. Možno je to slabý výraz na stav mojej duše, v ktorej sa mi rúcal môj vysnívaný svet. Deda nechcem zraňovať, mal trápenia v živote dosť a moja mama tiež. Sestra Mirka je na materskej dovolenke. Teší sa z prvého synčeka. Okrem toho deväťročný rozdiel medzi nami doteraz výrazne pretrváva bariérou a priateľkami sme sa nestali. Veľmi by som niekoho potrebovala, kto by ma podržal. Niekoho, kto by mi povedal, že je hodno žiť, i keď tragédia vstúpi do života. Kde nájsť človeka, ktorý by ma vedel vyniesť zo zamotanej cesty. Áno, mám Máriu, priateľku z detstva. Mária je vzácna, plná dobroty. Nevydala sa. Žiaľ, jej slová sa mi zdajú veľmi vzletné, neprežité, preto ma neuspokojujú. Vtedy som si spomenula na Igora, spolužiaka, teraz právnika v advokátskej poradni. Rozhodla som sa ísť za ním, vyžalujem sa mu, poradím sa, veď sme boli dobrý priatelia...

14. Februar

Konečne som sa po niekoľkých dňoch odvážila zavolať Igorovi. Dohodla som si s ním schôdzku. „Dobre", povedal Igor. „Príď dnes o desiatej, budem ťa čakať." Moje babičky som dnes v ordinácií rýchlo odbavovala. Nemali čas porozprávať mi o vnukoch a požalovať sa na nevesty. Pán riaditeľ v dôchodku nemohol doriešiť politické udalosti posledných dní. Bolo mi ich ľúto, ale osteň, ktorý mi hlodal v srdci, hnal ma k Igorovi. Všetci zabúdame, že máme nenahraditeľný dar v našom zdraví. Keď príde na ambulanciu pán Kramár vo svojom tridsiatom ôsmom roku života s nálezom kostnej rakoviny vždy sa otupí môj osteň bolesti. Jeho dve barle v ordinácií mi pripomínajú krehkosť nášho osudu. V mojich myšlienkach sa začne ozývať milosrdenstvo. Milosrdenstvo som si rozložila na dve slová: milé srdce. S týmto milým srdcom by sme mali konať všetku prácu. Snažila som sa o to raz lepšie, raz horšie. U pacientov to ide. Ale v láske milosrdenstvo – to nie je to pravé. Láska je obdiv. Môj obdiv k Danovi robil našu lásku šťastnú a život úspešný až po haváriu. Teraz nastupovalo milosrdenstvo a Dane to neizniesol. Nezniesol ľútosť. Nik nevedel povedať, čo sa mohlo v Daneho hlave stať po trojtýždňovej kóme po havárií. Kolega sexuológ mi naznačoval aj možnosť impotencie u manžela. Príliš veľká záťaž pre muža. Ani sme si do teraz neuvedomovali, koľko šťastia nám dožičil život. Vlastne sa nám plnili naše sny.

Akoby nám nadeľoval dary za ťažký život našich rodičov. Môj otec zomrel na infarkt, keď mal štyridsaťdva. Mal pekné vinohrady a pivnice, jeho červené víno bolo známe. Okrem toho mali desať hektárov poľa. Keď mu agitátori za účelom utvorenia roľníckych družstiev brali vinice, neskôr stroje, dobytok a hlavne keď vyvádzali jeho milované kone, nezvládol to. Možno teraz by sme vedeli pomôcť. Vtedy ešte neboli také skúsenosti v liečbe infarktu myokardu. Žili sme z maminho učiteľského platu. Mama bola obľúbená učiteľka a tešili sme sa, že ju nevyhodili z práce. Už sa viac nevydala. Ja som mala dvanásť rokov, sestra Mirka tri. S myšlienkami na rodičov, na starosti ktoré mama mala s nami, ako sme museli šetriť, ocitla som sa u Igora. Posadil ma do zamatového kresla. Tvrdosť a nevľúdnosť úradníckej černe sa na mňa valila zo všetkých predmetov. I v skriniach mal poukladané zväzky zákonníkov v čiernej väzbe. Medzi týmito stenami sa asi vždy rieši niečo nepríjemné, niečo zlé. Zdalo sa mi, akoby všetky vyslovené a nevyslovené myšlienky ostali nahrané vo vzduchu a teraz dorážali na mňa. Možno to robil i zvyk a kontrast medzi bielym prostredím nemocnice a ordinácií a čerňou právnickej kancelárie.

„Tak vitaj. Inga, aby som to uľahčil ti poviem, že sa stretávam s tvojím Danom u môjho svokra. Chodievame tam hrávať karty. Poznám jeho súčasné hysterické výbuchy, najmä keď prehrá a čo ti poviem, to sa stáva dosť často - v podnapitom stave. Rozvod s ním môže byť bez problémov."

Bola som z toho všetkého zmätená a nevedela som, čo mám povedať. Tak takí ste právnici, myslela som si v sebe, reálni a tvrdí so svojimi zákonmi i právom. A ja som si priniesla z nemocnice milosrdenstvo a chcela som počuť slová priateľa, ktorý ma podrží na mojej utrápenej ceste. Tak, sľubuješ mi rozvod bez problémov a zabúdaš, že mám syna a dcéru a vôbec nevieš čo mám v srdci, hodnotila som v sebe slová Igora.

„Tak, ja len rozprávam a ty nič nehovoríš. Vlastne ani neviem, čo chceš", zháčil sa trochu Igor, akoby mi čítal myšlienky. Vtom sa objavil na stole pred nami malý chrobáčik, také malé čierne autíčko. Pobehovalo po stole a nevedelo, že je u právnika, a že sa naň pozeráme. Zo mňa zrazu opadala ťarcha.

„Hľa, aj my tak pobehujeme po veľkom stole Boha a nevieme nič, čo sa deje okolo nás", šepkala som chrobákovi.

„Ty sa pozeráš na toho chrobáka a ani ma nepočúvaš", vravel Igor. Potom pritlačil autíčko prstom. Na stole zostala malá škvrna a Igorovi na prste čierna bodka. Ale už som to vnímala len tak napoly. Usmiala som sa na Igora.

„Vieš Igor, v tejto chvíli už naozaj ani neviem čo vlastne chcem a čo som si s tebou chcela vyriešiť."

„Nehnevaj sa, Inga, ale nie si ty už taký čudák ako Dane?", zlostne zasipel Igor.

„Tak nejako", povedala som. „Vidím, že si to musím ešte všetko premyslieť a potom prídem. Maj sa pekne."

Podala som mu ruku, lebo som v tej chvíli nevedela, čo ďalej povedať. Vytackala som sa na ulicu a nevnímala som svet okolo seba. Tak, taký si, môj priateľ a spolužiak má len jediné riešenie podľa práva a podľa zákona. Ľudské duše sú ďaleko od jeho dverí. Igorko môj, viac k tebe neprídem. Viem, že znovu pôjdem od neistoty k neistote, budem zúfať a trápiť sa, ale budú aj jasné dni, keď temné myšlienky nájdu svetlo a tešiť ma bude i maličké víťazstvo v mojom utrpení nad sebou samou. I v mojej ordinácií sa stretávajú bolesť, trápenie, úzkosť a neistota, ale pri riešení sa nájde aj maličký kúsok humanity v mojej lekárskej duši.

26. Február

V nemocnici máme slávnosť – otvárame moderný gynekologický pavilón. Aj počasie nám praje. Dvor je vyumývaný večerným dažďom a prežiarený ranným slnkom, ako na začiatku jari. Schádzame sa v kultúrnej sále. Primár gynekologického oddelenia pomykáva malými fúzikmi. Svojimi vystúpenými prednými zubami mi vždy pripomínal hraboša poľného. Už je tu aj riaditeľ okresného ústavu národného zdravia, tajomník okresného výboru komunistickej strany Slovenska, predseda okresného národného výboru a ďalšia elita. Samozrejme aj vedúca zdravotného odboru okresného národného výboru, doktorka Soňa Janská. Pavilón bol šťastne otvorený, všade sa popozeralo, pochválilo a pozvaní hostia odchádzali do motorestu. Všetci majú už pár koňakov v sebe i doktorka Janská. Jedlá sú starostlivo pripravené a alkoholom sa samozrejme nešetrí. Nálada stúpala v rýchlom tempe a čo nevidieť začalo sa aj spievať. Doktorka Janská sa snažila svojím „vysoko umeleckým" spievaním strhnúť na seba pozornosť. Široko otvárala ústa až jej bolo vidieť všetky zlaté zuby. Žily na krku jej nabehli a z ramien jej padali šaty raz na jednu, raz na druhú stranu. Pri zosunutí na pravú stranu obnažovala sa jej široká odpudzujúca keloidná jazva, ktorú si v triezvom stave starostlivo skrývala. Bolo to trápne divadlo. Každú chvíľu odchádzala k predsedovi ONV[3], sadala si mu na kolená, ramená mu okrúcala okolo krku. Predseda ju bez zábrany bozkával na ústa verejne, bez ostychu. Soňa bola ako šialená. Vyzývala do tanca koho mohla a vešala sa chlapom na krk. Mala som dozor nad pohostením a málo som sedela. Podnapitý predseda ONV ma chytil a ťahal k sebe na stoličku.

---

[3] Okresný národný výbor

Držal ma za plecia a usiloval sa ma bozkať. Dosť ťažko som sa v jeho mocných ramenách bránila.

„Viete, pani doktorka", koktal predseda, „sme rovnocenní partneri vo vzdelaní i v postavení. Lenže Vy ste žena. Ste krásna a sympatická, preto ma to ťahá aby som Vás objal a bozkal." Ale to už bol pri nás tajomník OVKSS[4]. Pravdepodobne nás pozoroval. Predseda ma uvoľnil z objatia, tajomník ma chytil za ruku a odviedol k stolu na prípitok. Bola som mu vďačná a v duchu som si hovorila: Drž sa, tajomník. Nebol opitý. Nalial mi víno a sebe len trochu. Obdivovala som ho, že vedel čeliť tejto opitej spoločnosti. Videl mi to na očiach a myslím, že sa dobré vzťahy, ktoré boli medzi nami, upevnili.

Po chvíli prišla ku nám vrchná sestra gynekológie. Rozjarená prerušila náš rozhovor a zobrala tajomníka medzi svoje sestričky. Po prípitkoch mi bolo horúco. Musela som trochu vyjsť na čerstvý vzduch. Zašla som za hlavnú budovu, stromoradím k parku. Zbadala som Soňu, ako si sadá k predsedovi do šesťstotrojky. Zo širokého výstrihu jej predseda uvoľňoval prsník a druhou rukou sa jej snažil stiahnuť pančuchy. Po dvore sa tmolili účastníci a predsedovo auto bolo dobre vidieť. Preto sa Soňa zdvihla a pobrali sa smerom k parku. Na lavičke na vedľajšom chodníku oproti mne predseda dostal čo chcel, samozrejme za výdatnej pomoci opitej Soni. Dívala som sa ako prikovaná na túto scénu sediac na lavičke. Zrejme ma zbadali až po akte. Soňa sa ako tak upravila. Predseda odchádzal s rozopnutými nohavicami. Pokojne si ich po ceste zapínal a zdravil pri tom ľudí, ktorý sa postupne rozchádzali. Obaja sa vrátili do motorestu. Veď čo sa stokrát opakuje, stáva sa bežnou vecou, ako napiť sa vody.

Nemohla som sa vrátiť. V hlave mi pulzovala krv, bola som rozrušená. V tej chvíli i ja by som sa bola rada pritúlila

---

[4] Okresný výbor Komunistickej strany Slovenskej

k manželovi, veď celý rok po havárií sme s Danem nežili manželským životom. V šatni som sa rýchlo obliekla a vytratila som sa domov. Vzduch bol chladný a čistý, ako obklad mi tíšil rozpálenú hlavu a rozcuchané myšlienky. Útly kosáčik zrodeného mesiaca zapadal za strechami domov. Celá naša ľudská bieda sa vyvalila na mňa. O háreme predsedu som vedela, ale že tak ľahko vkĺzla do neho i Soňa... Bola som zdesená. Soňa má muža a dve deti. Zdalo sa mi, že Mephisto moci a rozkoše z Goetheho Fausta vládne naším svetom. Boh lásky, spravodlivosti, pokory, čestného a úprimného konania akoby bol pošliapaný a uväznený. Tak skryto prebieha zápas dobra a zla o nás, zápas Mephista a Boha okolo nás. Kde nájdem kúsok dobra, azda ho niet?

Vtedy mi prišiel na myseľ kaplán. Vtom som sa rozhodla, že pôjdem do kostola, i keď som nomenklatúrny káder.

28. Február

„Sanitka doviezla Šereša", hlási mi kolegyňa Machová.

„Je koniec nádeje", povedala som len tak, aby som niečo povedala. Tvárila som sa nezúčastnene, akoby to bola postranná záležitosť. V mojom vnútri však bolo napätie, bolesť, smútok i vedomie utrpenej lekárskej porážky. Hneď som sa vybrala za pacientom, hoci som jasne vedela, čo je s ním. Mladý kolega mi podal chorobopis. Hľadala som záver z onkológie. Akútna hemoblastóza... po nasadení Prednisonu v nemocnici nastala úplná integrácia drene, normalizoval sa aj proces na periférií, písali z kliniky. Mala som na to myslieť, v tom stave, v akom pacient bol, dala som mu priveľa nádeje, vytvorila som trápnu opozíciu voči primárovi interného oddelenia, ktorý videl pacienta hneď po prijatí a ja až po nasadení Prednisonu, keď bolo všetko zmenené – klinika aj laboratórne testy. Bolo mi ťažko ísť za pacientom, ktorého nám po mesiaci vrátila onkológia zomrieť domov. Tá pošliapaná, podupaná nádej oproti tvrdej realite života ma prigniavila.

Šereš ležal na samotke. Poodchýlila som dvere. Pacient sa tváril, že spí. Vedela som, že nechce nikoho vidieť. Už pochopil, že niet nádeje, ktorú som mu dávala. Ležal bledý, chudý, zostarnutý, neoholený. Ach, kde je krásny Sáša, tak starostlivý o svoj zovňajšok, povzdychla som si. Neotvoril oči lebo vzdor proti bezmocnosti zápasil v jeho mladom živote – vykoľajenom, otrasenom. Nepozeral na mňa, akoby sa i on cítil vinovatý, že sa vrátil porazený. Srdce mi plakalo. Zdeptaná a zdeprimovaná som sa vrátila na ambulanciu. Takto prehrávame, bezmocný pacient i lekár. Dokedy ešte?

V ambulancií ma zavalila práca, odsunula mi Šereša z mysle. Rýchlo som vybavovala pacientov a odsúvali sme krv do laboratória. Dvaja pacienti sedeli ešte nevybavení pred

24

ambulanciou a už prišla ku mne laborantka s ofarbeným náterom kostnej drene.

„Pani doktorka, pozrite sa na ten náter, zdá sa mi to zlé."

Položila som si náter vedľa mikroskopu a dnes sa mi už nechcelo vidieť nič zlé. Musím ísť do pracovne a pustiť si kúsok hudby. Keď som vybavila posledného pacienta, znovu sa vrátila laborantka.

„Pani doktorka, žiadajú výsledok vyšetrenia kostnej drene inžiniera Javora."

Javor mal náter položený vedľa môjho mikroskopu. Miesto hudby sa objektív mikroskopu znovu kĺže po imerzií a nastavuje obraz. Moje krásne princezničky (ako sme volali plazmocyty) s nežným závojom okolo hlavičky sú chorobne zmenené. Zlovestnými veľkými očami z učesaných hlavičiek pozerá na mňa zákerná choroba. *Plazmocytóm (M. Kahler)* píšem na lístok a znovu sa mení dráha života jedného obyčajného Jozefa Javora. Mení sa život obyčajného Jozefa Maka, ktorého srdce od tejto chvíle musí byť tvrdšie ako kameň, ako píše Hronský. Psychicky vyčerpaná som si v pracovni sadla do kresla a pri Beethovenovej hudbe sa mi pomaly myseľ ukľudňovala a navodzovala pozitívne myšlienky. Ako veľa má človek, keď má zdravie. Toto najväčšie bohatstvo pochopí každý, až keď ho stráca. Uvedomujem si to vlastne vždy, keď riešim pacienta s nevyliečiteľnou chorobou. Vtedy sa mi zdajú malicherné všetky neúspechy, neláska, krivdy. Cítim, že musím byť naplnená vďakou za bohatstvo zdravia Tomu, Ktorý nás sem poslal tvoriť a milovať. Nemyslieť len na seba, ale milovať svojho blížneho tak, ako seba samého. Mám povinnosť platiť za hodnotu zdravia každou minútou naplnenou hodnotnou prácou. Mám povinnosť s radostným a jasným cieľom vytvoriť v tomto živote toľko hodnôt, koľko len môžem. Tvoriť v pohode i nepohode a prosiť svojho Boha o milosť, aby bolo zdarné dielo jeho mravca.

Sonáta sa chýli ku koncu a moje úvahy nikto nevyrušil. Vraciam sa do ambulancie, aby som dokončila prácu dnešného dňa a aby som v zhone života pomaly zabudla na svoje myšlienky. Taká som.

1. Marec

Otvorenie gynekologického pavilóna a jeho oslava spôsobilo moje prechladnutie. Hlavu mám zahmlenú, kašlem a mám teplotu. Po ceste sa valí hmla ako had. Zakrýva obzor a nedá preniknúť očiam človeka. Je koniec týždňa a ja som ustatá z vyčerpávajúcej práce lekárky. Mala by som byť vzorná lekárka, vzorná žena a matka, nežná milenka, príjemná a plná radosti. Okrem toho by som mala zastávať funkcie v spoločenských organizáciách. A tak sme si k starosti o rodinu pridali prácu v školách, úradoch, nemocniciach a továrňach. V tejto práci sa musíme vyrovnať mužom. V domácnosti sme však rovnocenné len ženám, lebo väčšina mužov nemá zmysel pre prácu v kuchyni, práčovni a byte. Ženy zarábajú peniaze a starajú sa o rodinu. Zdá sa mi, akoby muži poväčšine strácali pocit zodpovednosti za rodinu po materiálnej i duchovnej stránke. A teraz pri chorobe Daneho pripadá mi môj údel priťažký. Ustatá si líham, ustatá vstávam. Kde hľadať východisko? Zväz žien, ROH[5] - samá formalita. Akú pomoc môžem od nich čakať? Ako mi život začína motať rovnú cestu. Dohadzuje mi spoločníkov na neveru, na rôzne hospodárske krádeže a intrigy. Okolo mňa sa produkuje „akoby práca", veď všetko je dovolené. Ľudia ktorí pracujú čestne a nevedia piť, kradnúť a intrigovať akoby strácali cenu. Predsa je vo mne akýsi zákon, ktorý mi bráni vstúpiť na túto cestu. Ako rada by som stretla ľudí, ktorý by ma podržali. Cítim sa biedna bez nehy a lásky. Odráža sa to v mojej rodine.

---

[5] Revolučné odborové hnutie

2. Marec

Tohoročná zima nás nijako nepotrápila. Krokusy okolo chodníka pri našom dome už chystajú kvety. Aj narcisy a tulipány vystrkujú hlávky. Včera popoludní síce ešte padali veľké snehové chumáče na zem, trávu a stromy. Ale nie sú v nich už zmrznuté hviezdičky. Sú to len biele chumáče, ktoré sa pri dotyku zo zemou ihneď menia na kvapky vody. Krásne vo vzduchu, ale krehké a pominuteľné na zemi – ako život.

Inga, moja malá Inočka, má dnes prvý koncert.

„Poď mami, pekne si sem sadni, ja sa ti poklením a zahrám ti moju skladbu."

Poklonila sa mi a skladbu zahrala bez jedinej chybičky. Mohli sme sa tešiť na popoludňajší koncert. Raňajky už mali pripravené v kuchyni na stole. Manžel i syn ešte spali a Inga si išla chystať školské úlohy, aby mala popoludnie voľné. Ticho som zatvorila dvere a vybrala som sa do kostola. Zostala som vzadu a postavila som sa za stĺp. Divila som sa, koľko ľudí chodí do kostola. Tridsaťpäť rokov zakazujú náboženstvo. Posmievajú sa mu v školách, v novinách, v televízií. A hľa! Čo sem ľudí priťahuje? Stojím za stĺpom a pozorujem kaplána – vodiča, ktorý ma ako stopárku doviezol domov. Aj v tomto cirkevnom rúchu je kaplán sympatický. Ba i celá liturgia omše ním podaná je sympatická. Organ v našom cháme i organistka ma napĺňujú pohodou. Kaplán prečítal evanjelium. Ľudia si posadali a kaplán počkal až cely kostol stíchne.

„Boh nás stvoril a chcel, aby sme boli šťastní", začal svoju kázeň. „Ale človek nevydržal, neposlúchol svojho stvoriteľa, zostal nedokonalý a túto dedičnú nedokonalosť si prinášame na svet pri svojom zrodení. Náš dedičný hriech: naša genetika. A preto sme všetci nedokonalí hoci každý inak. Tak treba chápať ľudské slabosti. Ľudí treba pochopiť a milovať takých, akí sú."

Zdá sa mi, akoby kaplán rozvíjal moje myšlienky, keď pokračoval. „Kto pochopí silu ľudskej myšlienky ako sa mení na skutok, ako sa mení naša modlitba na skutok v nás, v našich blížnych? Iba s pokorou môžeme pokľaknúť pred Bohom lebo je ďaleko naša veda od jeho vedomostí. Ja som si vyvolil teba a nie ty mňa, hovorí Ježiš v evanjeliu a v tom je podstata človeka. Kto nám teda môže byť sudcom a poznať nás okrem Stvoriteľa." Moje myšlienky sa zachytávajú na kaplánových slovách. Rozvíjam v sebe poznatky genetiky a imunológie. Hútam, či kňazi študujú genetiku, či vedia niečo o imunológií a neopakovateľnosti každého jedinca? Musela som uznať, že ma kaplánove myšlienky zaujali. Jeho slová si nesiem so sebou domov. Nejaká radosť vstúpila do mňa, ale vzápätí i pochybnosť o uskutočňovaní týchto myšlienok v praxi. Veď vo mne niet sily milovať človeka v jeho nedokonalosti. Snáď to iní vedia lepšie ako ja. S takýmito myšlienkami som prišla domov a začala som pripravovať nedeľný obed. Nikto ani nezbadal, že som hodinu nebola doma.

8. Marec – Medzinárodný deň žien (MDŽ)

Dostala som pozvánku, ako vzorná pracovníčka ústavu, na celoústavnú oslavu medzinárodného dňa žien. Rozladená z tejto formálnej oslavy bez vnútornej hodnoty sa ženiem z riaditeľstva na polikliniku. Naštvaná aj sama na seba, že som si nevšimla miesto konania oslavy, dorazila som do zasadacej miestnosti na poliklinike. Sedemnásť vzorných žien sa našlo v okresnom ústave národného zdravia a už sedeli na svojich miestach okrem mňa. Väčšinu z nich som nepoznala. Ako som tak pozerala po nás sedemnástich vzorných, unavených a mierne zanedbaných ženách bolo vidieť, že venujeme väčšiu časť života práci. Zanedbávame seba, zanedbávame rodinu i výchovu detí. Niet dosť času na všetko. Opýta sa nás niekto na MDŽ, ako sme spokojné so svojím životom? Kde nájsť recept pre harmonické usporiadanie života? Za vrch stolom sedela Soňa, vedúca zdravotného odboru ONV. Privítala ma a urobila mi miesto neďaleko ich stola. Hnedé čipkované šaty sa na nej nevynímali dobre. Tvár mala strhanú s rysmi vyčerpanosti okolo úst. Vedľa nej sedel riaditeľ OÚNZtu[6]. Vstal a z papierika čítal, ako si vážia našu prácu, aký veľký podiel majú ženy na výsledkoch celého nášho hospodárstva – o zdravotníctve ani nehovoriac. Akú cenu za to všetko platíme, myslím si v duchu. Veď celá ťarcha rodiny leží na našich pleciach. Koľko poznám žien, ktoré musia bojovať ešte aj o výplatu muža, aby sa dostala do rodiny. Už ani nepočúvam riaditeľa, lebo viem, že nedokáže ani čaj uvariť. I Soňa si robí lacnú reklamu. Rozpráva a rozpráva o neobyčajnom živote žien, o neobyčajnom živote funkcionárok, o preschôdzovaných večeroch a nociach. Je to na tebe vidieť,

---

[6] Okresný ústav národného zdravia

myslím si v duchu, tie prepité večery i noci a všetko, čo potom nasleduje.

Po slávnostných rečiach sa riaditeľ v užšom kruhu uvoľnil.

„Ach ženy, ako som dnes bohoval manželke, keď som nemohol nájsť manžetové gombíčky."

Malo to vyznieť ako žart. Ja som však pochopila, že v tom je ukrytá „celá krása" ôsmeho marca: MDŽ a ako si ho cenia muži v praxi.

16. Marec

Prešli dva týždne a ja som zabudla na kaplána. Po svetských slávnostiach, prázdnych a formálnych, túžila moja duša po myšlienkach, ktoré by ju trochu povzniesli. Dnes je nedeľa, ja stojím za svojím stĺpom a čakám na začiatok omše. Cítim sa dobre za týmto stĺpom, skoro akoby som tu bola sama s Bohom. Myslím si, že si ma tu nik nevšíma a celým srdcom vstrebávam atmosféru chrámu. Kaplán prichádza do kostola bočným vchodom. Keď podišiel predo mňa otočil sa a usmial sa na mňa. V očiach sa mu zablysla radosť. Trochu ma zmiatol, že ma zbadal. Spozoroval ma aj prvýkrát? Vystúpila som pred stĺp aby som videla na oltár.

Po chvíli s úsmevom vyšiel zo sakristie s kŕdľom malých chlapcov, ktorí mu išli miništrovať. Láskavo a nežne im hladil vlasy. Tvorili radostnú kulisu omše. Videla som, že sa kaplán občas na mňa pozrel. Prečo som sem prišla? Vôbec som neprišla žeby nejakým príkazom. Myslím, že Boh ma tu nepotrebuje. Ja potrebujem Jeho. Potrebujem naplniť prázdnotu srdca. Potrebujem čosi, čo mi pomôže vyhodiť smerovku na kľukatých cestách. Chápe kaplán, že pre mňa je dôležité dobré slovo, ktoré ma aspoň na chvíľu podrží? Chápe kaplán, že pre mňa je dôležité, aby sa to slovo stalo skutkom pre mňa i pre neho a že aspoň niekde by sa slovo malo zhodovať s tým, čo sa myslí a robí?

„Schádzame sa tu preto", začal kázeň kaplán, „aby sme našli spoločné myšlienky. Aby sme vedľa seba našli ľudí, ktorí tieto myšlienky prinesú do svojich domov a na svoje pracoviská."

Preľakla som sa, veď kaplán nadväzuje úplne na moje myšlienky. Aký prepych ľudskej mysle, povedal by Exupéry.

Kaplán pokračoval: „Keby som lásky nemal, bol by som zvučiaci zvon. Lebo zostáva viera, nádej, láska - to troje. Ale najväčšia z nich je láska", rozvádza slová svätého Pavla ku Korintským.

Čo ty vieš o láske pán kaplán? Má tvoja láska len podobu pána Boha alebo i konkrétnu ľudskú? Vtedy sa kaplán usmial na jedného s tých maličkých, ktorý mu podal zlú knihu. Áno, i to je láska k tým malým, ktorí sú okolo neho. Asi ju má i k svojím farníkom. Ľudia sa tlačili pri dverách kostola, keď vychádzali, a preto som zostala chvíľu stáť za svojím stĺpom. Keď som vychádzala stál už kaplán pred kostolom a debatoval s mužmi. Ako ma zbadal, rozlúčil sa s nimi a zamieril ku mne.

„Tá kázeň bola pre Vás, pani doktorka, ako som vám sľúbil."

„To si cením. Ale mne sa zdalo, že tie myšlienky som vám poslala sama. Presne som o tom rozmýšľala. Neveríte mi?"

„Rád uverím a teší ma to. Budem na Vás myslieť, aby sme sa v nedeľu znovu stretli", pripomenul mi.

„Prijímam Vaše pozvanie a dovidenia, pán kaplán."

Podal mi ruku a ja som sa zachvela pri jej dotyku.

19. Marec

Už kvitnú marhule, zlatý dážď i tulipány. Zázračné jarné slnko volá von do prírody. My máme popoludní lekársky seminár. Je Jozefa a primár interného oddelenia má sviatok. Bude to gratulácií a bozkov! Trochu ma zamrazilo pri tejto myšlienke. Jozef kde môže ma provokuje. Sadla som si ku kolegyniam z interného oddelenia a na miesto, ktoré bolo vedľa mňa voľné si sadol oslávenec. Najprv prebehla odborná časť seminára. Jozef sa držal ešte veľmi dobre, hoci mu alkohol už rozväzoval jazyk a uvoľňoval opraty ducha. Po skončení odbornej časti mu jeho zástupkyňa odovzdala kyticu a dar, ktorý sme mu kúpili. Nasledovali rad radom gratulácie a od žien samozrejme bozky. Keď prišiel rad na mňa zľakla som sa vášnivého pohľadu Jozefa. Pritisol ma k sebe a dlho ma bozkával na ústa. Nevedela som sa obrániť, na veľkú zábavu okolia. Brali to ako žart, ale ja som videla, že Jozef si na mňa chystá i čosi viac, preto som si zaumienila, že tam nezostanem dlhšie ako hodinu. Bavila som sa s kolegyňami. Jozef sedel vedľa mňa. Bol samý žart a zdalo sa, že sa nepohne z miesta a ja nebudem môcť odísť. Tu prišiel pre Jozefa zrazu nečakaný telefonát. Využila som jeho neprítomnosť a zbehla som do svojej pracovne prezliecť sa. Už som bola v kabáte, keď do nej vtrhol Jozef.

„Nemôžeš predsa odísť, to mi nemôžeš urobiť", vravel.

Znovu ma oblapil svojimi mocnými rukami a začal ma bozkávať.

„Prosím ťa, Jozef, neblázni", tiskala som ho od seba.

„Áno, bláznim. Ako dlho som už čakal na túto príležitosť. Musíš vedieť, ako ťa milujem."

„Prosím ťa, Jozef, nechaj ma."

Moje chladné oči sa trpko pozerali na jeho vášeň. Prudkými pohybmi sa ma snažil vyzliecť z kabáta a odtrhol mi pri tom všetky gombíky. Ostala som stáť ako zakliaty strom, mrazivá a nenávistná.

„Bože, aká si chladná. Ako môžeš byť taká nemilosrdná, veď ma sama k tomu provokuješ."

Vybehol z pracovne. Ostala som sedieť šokovaná hrubosťou jeho počínania. Ani neviem ako dlho som tak sedela. Keď som sa spamätala, vytiahla som ihlu a prišila som si dva gombíky na kabát, aby som mohla odísť domov.

Po ceste sa mi ešte triasli nohy, ledva som sa dovliekla. Akoby nalial do mňa horkosť a biedu čierneho zla. Všetko krásne mi odišlo zo srdca. Zostal vo mne odpor a trýzeň. Doma nikto nič nepostrehol, ale ja som bola zlá, nevrlá. Ostal vo mne odpor ku všetkým mužom i k Danemu. Komu sa môžem vyžalovať? Komu vyliať horkosť svojej duše?

Večer som nemohla zaspať. Prečo sa to s Jozefom tak stalo? Prečo mám k nemu taký odpor? Ach tá jeho láska... Aké rýchle a blízke je jej prepojenie ku sexu, že žena tú lásku ani nepostrehne. Sex pre mňa nie je láska. Láska vedie k sexu, ale sex ma nevedie k láske. Možno je to u mužov inak. Keby som to niekomu povedala, vysmial by ma. Našla by som niekoho, kto by tomu rozumel? Mlčím a zhrýzam sa vo svojom srdci. Ako budem ďalej spolupracovať s Jozefom? Aká bude jeho reakcia, vedúceho celozávodného výboru KSS[7]? Jozef bol aj funkcionárom okresného výboru strany.

---

[7] Komunistická strana Slovenska

30. Marec

Kohúty už zavolali slnko, odchádza tma a svetlo kreslí svetu pravdivé dimenzie. Buď blahoslavená nedeľa. Môžem sa trochu zastaviť a skorigovať svoju cestu. Ráno je úsudok človeka svetlejší, reálnejšie pozerá na seba aj na celý svet. Som sama v spálni. Dane vyše roka spáva vo svojej pracovni. Sme mladí a snívajú sa mi noci s Danem. Neviem ako je to s ním, u nás sa teraz nesmie hovoriť pravda. A tak sa v tichu nič nevyrovná, nástojčivo sa hlásia povahové rozdiely medzi nami, ktoré som pred tým nevidela. Neznášam jeho terajšie sebectvo, nenávisť, a ten alkohol. Viem, že sa Dane vyrovnáva so svojou biedou – tak strašne drsno po chlapsky. Od Vianoc som nebola ani u mamy. Mama a sestra majú toľko svojich starostí, že ich treba tešiť a nie pridávať im moje trápenie.

Určite je nás viac, ktorí sa snažíme o hodnotu ľudského života, ale sme nejako rozstratení a nemáme sa ako nájsť. Také zahatané sú chodníčky k ľudským srdciam, nedôverujeme si. Úpieme pod jarmom doby, ktorá nám znemožňuje nájsť sa. Ale hľadáme sa vôbec? Dnes je nedeľa. Zvony na kostole mlčia, lebo nesmú hovoriť. Celá moja rodina ešte spí. Ja ležím a rozmýšľam, zabudla som ísť ku kaplánovi. Mne k problému s Danem pribudol problém s Jozefom. Nič mi nezostáva len žiť svoj život a pracovať. Pred sebou mám prednášku na okresnom i krajskom lekárskom seminári a potom na celoštátnom onkologickom zjazde v Tatrách.

Mám dobré a múdre deti, mám pre koho žiť i pracovať. Vstávam vyrovnaná a kľudná. Idem chystať raňajky.

31. Marec

Znovu začína týždenný kolotoč. Sotva sa stačím prezliecť. Pacienti už klopú na dvere, zvoní telefón, lekári sú pripravení na ranné sedenie, treba riešiť prípady zo sobotnej i nedeľnej služby. Ranné sedenie a odborný referát sme rýchlo skončili.

Znovu telefón, v ňom známy hlas. Hneď som si neuvedomila, kam ho zaradiť.

„Pani doktorka, môžem prísť s pánom farárom Kollárom na kontrolu? Mám ho tak trochu na starosti. Vozím ho ku vám na vyšetrenie."

„To viete, že vám rada vyhoviem, pán kaplán. Ale dnes tu mám už veľa pacientov, ak môže prísť pán farár zajtra, budem mať na Vás viac času."

„Dohovorené, zajtra o deviatej sme u Vás."

Akoby mi bol kaplán poslal kúsok radosti, s ktorou som vybavovala všetku prácu a tešila som sa na utorok.

1. Apríl

Napodiv radostne prebehla večera aj ranný zhon. Deti sú samostatné a ani si neuvedomujem že mi nerobia vlastne starosti. Dnes som sa tešila na pacienta i na jeho sprievodcu. Zároveň som mala v sebe i akúsi trému. Bolo už osem hodín ale vedela som, že skôr ako o hodinu nemôžu prísť. Rýchlo som vybavovala dopoludňajšiu prácu. Neviem prečo, ale čakala som kaplána nedočkavo a s napätím. Tiché zaklopanie, stisk ruky a radostný pohľad kaplánových očí. Prenikavý pohľad až na dno duše. Teraz som zistila, aké má kaplán krásne modré oči lemované čiernym obočím a dlhými mihalnicami. Pána farára som si nechala v ambulancii a kaplána som posadila do pracovne. Pacienta som vyšetrila, naordinovala som laboratórne testy, odbery krvi a zverila som ho mojej sestričke. Sama som prešla do pracovne a sadla som si.

„Viete, že tie Vaše myšlienky z kázne som si priniesla až domov?"

„Som rád", pousmial sa kaplán.

„Rozmýšľala som o Vás, či máte v srdci všetko, čo hovoríte?"

„Mám, ale nie vždy úplne."

„Ako", zareagovala som prekvapene. „Mne sa zdá, že by som nevedela vysloviť myšlienky, s ktorými by som nesúhlasila."

„Možno sa vám to len zdá. Pouvažujte prosím nad tým", odbočil kaplán od danej témy.

Bol však pozorný. Veľmi pohotovo reagoval na všetko. Naše názory boli blízke. Mali sme veľa spoločných tém na rozhovor. Hodina ubehla. Bolo mi ľúto, že sa vracia pán farár a že mu tak rýchlo urobili všetky vyšetrenia. Predsa však časť laboratórnych testov ostala neukončená a kaplán sa pohotovo ponúkol, že príde popoludní pre lieky i pre záver vyšetrenia.

38

„Vy veríte v Boha?", opýtal sa ma nejako nesmelo kaplán popoludní.

„Áno", odpovedala som bez rozmýšľania. „Beriem si však všetko, čím mi môže veda pomôcť, aby som verila hlboko a nekonvenčne."

„Tak som rád. Pôjdeme spolu po ceste božej. Pôjdem s Vami." Podivila som sa, lebo som si presne v tom momente tiež pomyslela, že pôjdem s ním.

„Veď ja si nesiem Vaše myšlienky i sem do tejto pracovne. Verte mi. Myslím, že aj iní veriaci Vás pozorne počúvajú a odnášajú si v sebe Vaše slová."

„Tak, to aby som si dával pozor na svoje slová v kázni. Hlavne, keď ma budete počúvať vy", povedal kaplán a začervenal sa.

Pracovný deň v nemocnici sa končil. Okolo pracovne klopkali podpätky sestier. Kaplán si to uvedomil. Zobral pripravené recepty a so sľubom, že si v nedeľu prídem vypočuť jeho kázeň, sme sa rozlúčili. Brala som všetky jeho slová úprimne. Začala som si uvedomovať, že už dlho hľadám človeka láskavého a dobrého. Človeka, ktorý chce od života čosi viac ako konzum. Aké krásne a úprimné priateľstvo by mohlo byť medzi nami, pomyslela som si keď odišiel z pracovne. Naplnená touto krásnou myšlienkou som sa cítila bohatá a plná radosti.

6. Apríl

Je znovu nedeľa. Stojím v kostole na obvyklom mieste za svojím stĺpom a rozmýšľam. Pracujem v tomto meste už desať rokov, ale v kostole nikoho nepoznám. Otáčam sa dozadu a prekvapenie! Na druhej strane sedia v laviciach dve kolegyne lekárky. Jedna dokonca s deťmi i s manželom. Stojím a tlačia ma nové topánky. Som prinútená ísť si sadnúť do lavice. Aj vzadu v lavici bolo ešte prázdne miesto. Je pôstne obdobie. Kaplán prišiel vo fialovom i so svojimi desiatimi maličkými miništrantmi. Keď si sadol na určené miesto, položil si zopäté ruky na kolená a hlavu hlboko sklonil. Vyzeral ako pokora tejto pôstnej doby. Tešila som sa na slová a myšlienky jeho kázne. Ale miesto kázne spievali pašie. I kaplán pri oltári spieval odsúdeného Krista pred Pontským Pilátom. Tenorovým zvučným hlasom prednášal vyznanie Krista. Predstavovala som si ho bosého, otrhaného, s tŕňovou korunou na hlave. Prestala som vnímať spevákov. Moja láska ku Kristovi akoby bola prechádzala na postavu Krista, ktorého stvárňoval kaplán pri oltári. Ale mala som trochu inú predstavu o smrti Krista, ako sa to všeobecne hlása: Zomrel za nás, aby nás vykúpil, zomrel za naše hriechy, hovoria nám naši kňazi. Ja som si myslela, že zomrel pre naše hriechy, aby nám ukázal, aká je podstata nášho života. Aby nám ukázal, akých nás Boh chcel mať na počiatku i teraz i po všetky veky. Odkryť svoje zlo si musíme sami, nasledujúc Krista. To je naše vykúpenie. Musím sa na to spýtať – možno aj kaplána. Prečo vznikla disociácia rozumu, lásky a svedomia? Prečo je v nás nesúlad medzi týmito hodnotami? Prečo nevieme doteraz milovať a zároveň poslúchať svoj rozum?

Kristus zomrel. Slnko sa zatmelo a kaplán už stál pri oltári. Pri Agnus Dei, keď sú všetci ľudia sklonení, som zdvihla hlavu a pozerala som sa na oltár. Kaplán sa díval na mňa a ja som v jeho očiach našla záblesk radosti a nebadateľný úsmev na perách. Zdalo sa mi, že i požehnanie na konci omše akoby bol posielal pre mňa. To požehnanie som si niesla domov. Cítila som sa bohatá, že môžem milovať a obdivovať s niekým Boha a prosiť ho o lásku pre nás všetkých.

Pomaly som prechádzala križovatky mesta. Všade bolo ticho, mesto ešte spalo. Keď som prichádzala na našu ulicu, kúsok predo mnou zastalo auto. Tmavohnedá Lada mi bola nejaká povedomá. A naozaj, kaplán vystupoval z nej a počkal až prídem k nemu. Tichá radosť mu vyžarovala z tváre i z očí.

„Idem k doktorovi Vavrovi. Musel som vám prísť povedať, že som veľmi rád, že som Vás videl dnes v kostole."

„Ja som myslela, že ste prišiel iba kvôli mne."

Kaplán sa usmial a spýtal sa ma:

„Môžete mi sľúbiť, že si občas na mňa pomyslíte? Budem spokojný a možno i trochu šťastný."

„To vám nemusím sľubovať, i tak budem na Vás myslieť."

„Rád by som sa s Vami porozprával i na iné témy. Môžem prísť niekedy za Vami?"

„Každý štvrtok popoludní som voľnejšia, budem sa na Vás tešiť."

„Boh Vás žehnaj. Niekedy vo štvrtok prídem, lebo v ten deň i ja spovedám chorých v nemocnici."

Kaplán sa uklonil a stisk jeho ruky bol plný tepla.

Jeho auto o chvíľu zastalo pred domom doktora Vavra.

17. Apríl

Nespala som dobre. V hlave si premietam prednášku a diapozitívy, musela som vstať. Odchádzam hodinu pred prednáškou, aby som si pozrela prednáškovú sálu, mikrofóny, spojenie, ktoré k nemu vedie. Môžeme prednášať i po slovensky, všetko sa tlmočí do angličtiny. Trochu mám trému, ešte som neprednášala na medzinárodnom lekárskom zjazde. Som piata v poradí, hneď v prvý deň. Ako obyčajne moja pohotovosť v diskusií viazla ale všetko dobre dopadlo. Už trochu uvoľnená som sa vrátila na svoje miesto sledovať ďalšie prednášky. Na pódium vystupuje mladý kolega z Poľska. Najprv sa potkol na schodíkoch. Papiere sa mu rozleteli po zemi. Keď si ich už pozbieral, uložil a začal prednášať, ozvala sa tlmočníčka. Prepáčte, ja nerozumiem jeho angličtine, neviem tlmočiť. V sále nastal rozruch, lebo mu nik nerozumel. Prednášku mal napísanú v angličtine. Takmer nevie pokračovať ani po poľsky, k čomu ho vyzval chairman u stola. Trápna situácia.

Bola som už unavená i zo zlého spánku v noci, preto som vyšla von s dvomi kolegyňami. Doma v Skalnom som nechala takmer-leto. Tu na Štrbskom plese padajú chumáče snehu. Hneď sa však topili, ostávali iba sem tam na pokraji chodníkov. Mali sme z nich radosť. Poriadny sneh toho roku u nás ani nebol. Chytili sme do rúk veľké vločky a hádzali jedna druhej do tváre. Vybrali sme sa po kľukatých tatranských chodníčkoch smerom k Fissu. Nechcela som uveriť: Neďaleko Fissu v hlúčku mladých mužov stál kaplán, môj kaplán. Tak som ho začala volať po našom poslednom stretnutí v kostole. Trochu ním trhlo, keď ma zbadal. Vystúpil smerom ku mne. Ospravedlnila som sa kolegyniam a vyšla som mu v ústrety.

„Myslíme si, že sa nedejú zázraky... Tu je jeden z nich. Nezdá sa Vám, pani doktorka?"

„Povedali ste to za mňa. Až sa bojím toho prepychu zhody myšlienok. Vy nie?", spýtala som sa kaplána.

„Viete, tie myšlienky v kázňach nie sú vždy moje. Ja ich kradnem aj od iných. Samozrejme tento zázrak stretnutia je iba môj. A teraz mi prezraďte, čo tu robíte", pýtal sa zas kaplán.

„Som tu na kongrese onkológov, ale čo tu robíte Vy, pán kaplán?"

„Máme tu duchovné cvičenie v našom peknom charitnom dome. Užitočné jedno i druhé, či nie? Mám hodinu času, ak sa môžete uvoľniť, rád Vám budem robiť sprievodcu."

Pozerala som naň a nepovedala nič. Mlčky som išla vedľa neho a nechala sa viesť. Prechádzali sme popri Fissu a pozval ma na kávu. Kaviareň bola poloprázdna. Sadli sme si do kúta a objednal kávu a minerálnu vodu.

„Viete, ako často na Vás myslím? S Vami zaspávam i vstávam", povedal po chvíli mlčania.

„A viete, že ja tie myšlienky cítim? Myslíte si, že robím zle, keď Vás mám rada?"

Neviem, ako mi to vykízlo z úst, ale kaplán zbledol. Naklonil sa ku mne, akoby ma chcel objať. Čašník práve prinášal kávu a preto sa kaplán vrátil späť. Sedeli sme a mlčali. Okolo nás bežala večnosť s krásou každej minúty, radosť z chvíle nájdenia a porozumenia. Nič nebolo treba, ani hudba, ani sviečky, ani víno. Jeho pohľad spočíval na mne a ja som v ňom našla radosť. Voda v obyčajnom pohári a láska utvorili prepych tejto chvíle. Všetko ostatné sa zdalo malicherné. Bohatstvo života, bez pyšných obradov a hostín. Takto sme mlčali, až sa kaplán spamätal. Usmial sa:

„Krásne sú slová, ktoré počuť, keď sa nevyslovia. To som pochopil za túto chvíľu večnosti."

Vtedy odopol krížik z retiazky pod košeľou. Pobozkal ho a vtlačil mi ho do dlane.

„Mám trochu chaos vo svojich myšlienkach, ale bol by som rád, keby ste ma pochopili. Všetci túžime po láske. I kňazi tým väčšmi, veď láska má byť náplňou ich života. Tak ako zem potrebuje vodu a kvety slnko, tak človek potrebuje lásku, aby sa stratila púšť a beztvarosť života. Cez lásku sa človek približuje k Bohu, ale priznám sa Vám, že ťažko sa od lásky izoluje sex. V tom je bieda nás kňazov. Pochopili ste ma?“, opýtal sa kaplán. „Áno rozumiem, možno viac, ako si myslíte. Som Vám vďačná za Vaše slová. Človek potrebuje človeka s podobným chápaním sveta.“

Zabudli sme na čas. O chvíľu sa kaplán zdvihol a podal mi ruku. Skoro som mu ju pobozkala. Bozkanie ruky môže byť prejavom úcty a lásky. Kaplán mi moju ruku podržal v dlaniach. Nepobozkal mi ju. Cítili sme obaja, že v našich dlaniach ostalo viac ako bozk.

„Ďakujem Vám za všetko“, povedal kaplán.

Obliekol mi kabát a hneď pri dverách ma opustil. Pomaly som zostupovala po schodoch. Bola som trochu zmätená. Malý krížik som ešte držala v dlani. Až teraz som sa naň pozrela: umelecká práca, iste vzácny dar. Hanbila som sa, že som si ho zobrala. Veď sa cítim bohatá jeho priateľstvom i bez darov. Túžila som po priateľstve človeka, ktorý miluje Boha, človeka, ktorý by ma vedel priblížiť k tejto láske. Ale priznám sa, že sa ťažko izoluje sex od lásky, vynorili sa mi kaplánove slová. Ach, aký paradox! Akoby tento krásny krížik vnášal do môjho srdca nielen lásku ale aj túžbu, túžbu po kaplánovi.

Schádzala som dolu chodníčkom, obchádzala som Patriu, Panorámu, dostala som sa až k Solisku a odtiaľ naspäť k električke. Malé chumáče snehu sa topili na chodníku. Neboli to veru už tie krásne hviezdičky zimy, ktoré i na teplej dlani ostávali chvíľu hviezdami. Zľakla som sa tej myšlienky. Nie je aj môj vzťah s kaplánom takým chumáčom miesto pravdivej hviezdy? Električka rýchlo dobehla do Smokovca, kde sme boli ubytovaní. Poobede som sa osprchovala a znovu sa mi vrátila radosť do duše. Akoby som znovu začala vidieť svet hodnôt a nehodnôt, svet krásy a mnohých zbytočných ľudských starostí. Čo som našla v kaplánovi, keď doteraz ešte ani neviem jeho meno?

Krížik som si zavesila na svoju retiazku a plná sily som si sadla do prednáškovej siene na popoludňajšie rokovanie.

24. Apríl

Schádzame sa na lekárskom seminári na internom oddelení. Ja referujem z onkologického kongresu v Tatrách. Po skončení seminára ma Jozef požiadal, aby som išla do jeho pracovne. V pracovni mal mimoriadny poriadok. Vzduch bol naplnený zvláštnou exotickou vôňou. Zdalo sa mi, že si pracovňu pripravil na naše stretnutie. Naše vzťahy od osláv Jozefa boli na nulovom bode. Neubližoval mi, ale ochotu na spoluprácu som nenachádzala. Skôr som cítila jemné podrazy, rafinovane maskované. Na stene v pracovni mu visel obraz, ktorý sme mu kúpili k meninám. Na obraze bola rieka na okraji lesa s lodičkou a pripravenými veslami.

„Máš pekný obraz. Len nasadnúť, chytiť veslá a si na druhom brehu, kde zhodíš všetky starosti", hovorím.

„Vidíš, tú symboliku som si ani neuvedomil. Myslím, že cítiš, prečo som ťa sem zavolal. Chcel by som urovnať a zlepšiť vzťahy medzi nami. Chápeš?"

„Ale áno, veď ja som už na všetko zabudla."

Neospravedlnil sa, skôr sa zachmúril. Zdalo sa mi, že čakal odo mňa niečo iné.

„To som rád. Veď musíme spolupracovať", pritakal Jozef.

Prudkým pohybom však zatvoril bar, ktorý pred tým otvoril. Podal mi ruku a povedal, že nemá viac, čo by so mnou riešil. Odchádzala som s divným pocitom. Vycítila som jeho nadradenosť a videla som výsmech v jeho očiach, ktoré vraveli: Chudinka, veď uvidíš, či si na všetko zabudla... Keď som sa zohla pre kabelku, zavadil môj pohľad o kaplánov krížik. Nehnevaj sa Jozef, nemôžem inak.

7. Máj

Hneď po príchode na oddelenie som vošla do ambulancie. Otvorila som z ambulancie dvere do čakárne. Pred nimi už sedela malá Beatka – moja pacientka po cytostatickej kúre. Znovu mala holú hlavičku, všetky vlásky jej vypadali. Na hlave mala uviazanú šatku i keď už bolo teplo. Tváričku mala peknú guľatú po kortikoidoch[8]. Prišla so svojou babičkou. Pred sebou mám obraz babičky Boženy Nemcovej. Ako ľúbi babička malú Beatku! Je v nej pokora a odovzdanosť životu, ktorá prijíma a robí s láskou všetko pre malú Beatku. Prežitá a neustále prežívaná bolesť kreslí podobu piety do jej tváre. Ešte hodinu času bolo do začiatku ordinačných hodín. Tento obraz piety ma nútil skloniť sa pred babičkou. Vybavila som ich ihneď. Potom som otvorila okno v pracovni. Dolu na upravených hriadkach veľké tulipány otvárali svoje kalichy. Pod odkvitnutými kvetmi zakrývali zem opadané lupene podľa stanoveného poriadku prírody. Na televíznej anténe na streche nemocnice drozd vysielal svoje jarné piesne. Vysmieva sa vysielaniu televízie, pomotanému a často nejasnému, ktoré zauzľuje i to, čo už bolo rozuzlené. Pieseň drozda je jednoznačná. Odovzdáva životu všetko, čo má vo svojich schopnostiach.

Stoličky pred ambulanciou sa zatiaľ naplnili. Keď som otvorila dvere, ma úctivou poklonou zdravil tajomník OVKSS. Ani tajomníkovi sa nevyhlo rakovinové ochorenie. Aj uňho toto ochorenie prináša zmenu v duši. Drzé otváranie dverí pracovne bez zaklopania, ako sme boli na to zvyknutí, sa mení na tiché čakanie medzi pacientmi podobného osudu. Jeho výsosť tajomník OVKSS sa cíti byť radovým členom života v spoločenstve ľudí čakajúcich na vyšetrenie. Nie, nedožadoval sa prednostného

---

[8] Klasický vedľajší účinok dlhodobej liečby kortikoidmi ako Prednison je aj zmena distribúcie tukov.

47

vyšetrenia, ale predsa som ho prednostne vyvolala zo zástupu čakajúcich. Práve som ho vyšetrovala, keď sa ozvalo tiché zaklopanie na dvere mojej pracovne. Pulz mi poskočil a krv sa mi nahrnula do tváre. Vedela som, že klope kaplán. Ospravedlnila som sa tajomníkovi, nechala som ho v ambulancií a prešla som do pracovne. Áno, bol to kaplán a s ním jeho pán farár. Ruka sa mi trochu chvela, keď som mu ju podávala a oči na oboch stranách zajasali radosťou. Postrehol to pán farár? Akosi sa zarazil, keď pozrel na mňa. Radosť v mojich očiach mu vyrazila dych.

„Vítam vás", prerušila som ticho, lebo obaja nič nehovorili.

„Posaďte sa, prosím. Vybavím pacienta a hneď sa vrátim."

Ako vygumovať radosť z tváre?

„Nejaká vzácna návšteva?", postrehol môj radostný výraz i tajomník.

Ruka sa mi ešte trochu chvela, keď som mu pichala injekciu cytostatík do žily. Ale všetko prebehlo bez problému. Veď práca ma tešila, všade som mala väčší poriadok odkedy som sa stretla s kaplánom. I kvety na mojom stole dennodenne hlásali radosť v srdci. Chcela som priniesť tajomníkovi lieky z pracovne do ambulancie. On bol zrejme zvedavý, koho mám v pracovni, tak išiel za mnou. Nič mi nezostávalo, len ich navzájom predstaviť. Tajomník si bez vyzvania sadol vedľa farára.

„Aký sme tu všetci rovnocenní, súdruh tajomník", povedal farár.

Všetci sme sa zasmiali.

„Viete, pán farár, keď som bol malý, bol som miništrantom. Moji rodičia sú veriaci a ja som nim čiastočne zostal až doteraz. Vám to môžem povedať. Veríte mi?"

Zdalo sa mi, že by tí traja mohli mať dobrú debatu. Nič mi nezostávalo, len ísť objednať kávu k vrchnej sestre. Ospravedlnila som sa, vrátila do ambulancie a nechala ich diskutovať. Keď prišla na konzultáciu ku mne do mojej ambulancie kolegyňa, poprosila som ju, aby ma na chvíľu zastúpila. V mojej pracovni už bola v prúde zaujímavá debata.

„Ako gymnazista som mal nepríjemnú skúsenosť s pánom farárom v našej dedine, preto som uvažoval: Prečo sa kňazi neženia, pán farár?", pýtal sa tajomník.

„Odpoveď je dosť zložitá. Treba sa na to pozerať z viacerých hľadísk", povedal farár.

„Ale nie je to pre nich bremeno, ktoré sa nedá uniesť? Taký osemnásťročný mladík, ktorý odchádza na teológiu, niekedy ešte nedokončený pubertiak, ani nevie, aké hormonálne nadelenie ho čaká", vravel tajomník.

„Veď môže počas celého štúdia vystúpiť, ba i po skončení", odporoval farár.

„Viete, mne sa zdá, že opustiť kňazské povolanie, alebo poslanie, ako Vy hovoríte, je dosť ťažké pre klerikov i pre kňazov. Pre mnohých by bolo lepšie riešenie oženiť sa. Nemôžem kňazom nič vyčítať, úplne ich chápem, ľutujem však mnohých, že musia hovoriť inak ako konajú. Videl som u nich tento rozkol a myslím, že aj veriaci sa iba tvária, že ho niet. Divím sa, že katolícka cirkev nehľadá reálne riešenie, tak ako evanjelici."

Farár s kaplánom mlčali. Atmosféra bola napätá. Tajomník to postrehol a začal sa ospravedlňovať za svoju smelosť.

„Mrzí ma, že som túto tému uviedol. Neviem sám, prečo ma to znepokojuje."

„Viete, že ma to teší, keď tajomník komunistickej strany myslí na cirkev? Táto téma bola už veľakrát diskutovaná v cirkevných kruhoch. Doteraz sa nevyriešila", povedal kaplán.

Ticho som tam sedela, keď sa tajomník obrátil na mňa:

„Pani doktorka, Vy si čo myslíte o kňazskom celibáte?"

Ja som práve v duchu ďakovala cirkvi, že kaplán nie je ženatý. Ďakovala som za priateľstvo, ktoré vzniklo medzi nami. Neviem, či by to bolo možné, keby bol ženatý.

„Ja to asi nerozriešim. Myslím si však, že napriek všetkým ťažkostiam, ktoré z celibátu vznikajú, je predsa len prínosom pre cirkev i pre veriacich."

Pozerala som sa na kaplána a videla som vďaku v jeho očiach. Debata sa dostala do neutrálnej podoby. V rukách som držala lístok na odber krvi pre pána farára.

„Tak dovidenia, bude ma tešiť, ak sa o dva týždne znovu stretneme", povedal tajomník.

Hneď nato odchádzal a pán farár odišiel s lístkami na odber krvi. Zostali sme sami s kaplánom.

„Aspoň chvíľku sme spolu sami. Ďakujem za názor o celibáte", povedal.

Boli sme sami v pracovni, ale každú chvíľu sa mohol vrátiť farár. Pristúpil ku mne, chytil mi ruku a bozkal mi ju. Cítila som, ako sa nám ruky chvejú. Zľakla som sa túžby, ktorá sa vtesnala medzi nás. Odtiahla som ruku a podišla som ku dverám, ktorými práve vchádzal farár. Rozpačito sa na nás pozeral, lebo šťastie človek neukryje, oči nezacloní. V tomto okamihu na clonu ani jeden z nás nemyslel. Vlastne až dnes som zreteľne počula meno kaplána. Martin Jasan, povedal tajomníkovi pri predstavovaní. A teraz Martin chytil pod pazuchy pána farára, aby ho odviezol autom na faru. Keď odišli, opakovala som si meno: Martin, Martin. Tešila som sa, že popoludní príde po výsledky.

Práve som dokončovala vyšetrovanie ambulantných pacientov, keď sa ozval telefón.

„Prosím ťa, Inga, príď na oddelenie. Pozri sa na pacientku Frolovú, všetko pochopíš", volal Jozef, primár interného oddelenia.

O pacientke Frolovej ma informovalo hematologické laboratórium. Vedela som, že má len 4 gramy krvného farbiva[9] na deciliter a nechce prijať krv, lebo jej to viera nedovoľuje. Teraz už stojím pri krehkom tieni ľudského života odovzdaného smrti, ktorý neprestúpi prikázanie náboženskej sekty. Napriek všetkým rozumným dôvodom lekára vzbudzuje táto krehká pani Frolová vo mne úctu. Chce nasledovať vzor Makabejských, ktorí radšej zomreli akoby boli jedli bravčové mäso, ktoré im zakázal Mojžiš. Bolo však v starom zákone zakázané i používanie krvi. Suspektná diagnóza žalúdočnej rakoviny pani Frolovej sa po kompletnom vyšetrení zmenila jednoznačne na žalúdočný vred. Pacientka dostáva infúzie fyziologického roztoku, ale i krvnú plazmu so súhlasom jej manžela. Krvné farbivo ostáva na rovnako nízkych hodnotách ale má nízky i fibrinogén, bielkovinu, ktorá by mohla zastaviť krvácanie. Pacientka jednoznačne potrebuje krv, aby ju mohli operovať, uvažujem v duchu.

„Tak ako sa máte, pani Frolová? Ešte stále nesúhlasíte s podaním transfúzie krvi?", ozval sa za mojim chrbtom Jozef.

„Nie, pán primár, neprestúpim príkaz mojej viery. Všetci sme v rukách Božích, nech sa stane Jeho vôľa."

„Aká irónia, zdá sa že zomrie", pošepkal mi Jozef. „Transfúzia krvi je tu absolútne indikovaná", hovoril napokon trochu zvýšeným hlasom.

„O tom niet čo debatovať", povedala som Jozefovi, keď sme už boli vo vyšetrovni na internom oddelení.

Založila som do stroja dekurzný list a k svojmu vyšetreniu som naordinovala podať štyri gramy fibrinogénu.

---

[9] Priemerná hodnota u žien je 12 - 16 gramov na deciliter (g/dL), hodnoty pod 8 g/dL sa označujú ako ťažká anémia, pod 6.5 g/dL je anémia životunebezpečná a zvyčajne sa lieči najprv transfúziou a v druhom rade napravením príčiny.

„Vieš, že som na to myslel", povedal Jozef, keď prečítal môj záznam. Ihneď nechal priniesť fibrinogén a podať ho. Vo vyšetrovni lekári a sestry debatovali o pani Frolovej. Padali nelichotivé poznámky o jej náboženskom presvedčení, o jej správaní. Chcela som ju trochu zastať a poznamenať, že i krvou prenášame mnohé infekcie[10]. Po vypočutí ich debaty som sa však neosmelila to povedať. Mala som plnú hlavu starostí o pani Frolovú a s nimi som prišla do pracovne. Na stole bol položený lístok:

Vydala som pripravené lieky, aj výsledky vyšetrenia pre pána farára, kaplánovi

písala mi sestrička z ambulancie. Až teraz som si uvedomila, že je už dávno po pracovnej dobe a ja som zabudla na Martina.

---

[10] Tento výrok je archaický, vďaka rozšírenej anamnéze darcov a testovaniu každej darovanej krvi sa znížilo riziko prenosu chronických vírových ochorení na 1 : 5 miliónom (HIV, hepatitída C) respektíve 1 : 500.000 (hepatitída B) - stav k roku 2014 podľa nemeckého Robert-Koch-Institut.

8. Máj

Pol hodiny pred pracovným časom som už v nemocnici a ponáhľam sa k pani Frolovej. Stojím pri posteli. Pacientka sa usmieva a hovorí:

„Boh ma neopustí, verím, že sa uzdravím."

Kontrolujem laboratórne výsledky. Podľa uvedených hodnôt sa zdá, že krvácanie sa zastavuje. Krvné farbivo mierne stúplo. Komplikácie ale ešte môžu byť rôzne, pani Frolová ešte nemá vyhraté. I ja sa na ňu usmievam. S iskierkou nádeje odchádzam na svoje pracovisko.

Ten prísny zákaz používania krvi v starom zákone i prísny zákaz podávania transfúzie krvi v súčasnosti podľa viery pani Frolovej mi navodzujú rôzne úvahy. Myslím na otázku imunológa, ktorý sa pýtal: Komu je potrebné, aby sme boli geneticky tak odlišní? Prečo okrem jednovaječných dvojčiat niet geneticky rovnakých jedincov na svete? Potrebuje niekto samostatný genetický kód na identifikáciu nášho života? Kde nájdeme odpoveď, pýtam sa v duchu sama seba. Jednoduché sú zákony života, keď ich objavíme, komplikovaná je naša nevedomosť.

Dnes je štvrtok, mám trochu voľnejší deň, lebo nemám ambulanciu na starosti. Spracovávam chorobopisy pacientov, ktorých som konzultovala na jednotlivých oddeleniach. Popoludní som išla ešte raz pozrieť pani Frolovú na interné oddelenie. Jej laboratórne výsledky boli uspokojivé. Zdalo sa, že krvácanie prestalo.

Až teraz som si uvedomila to zvláštne ticho, ktoré na tomto oddelení panovalo. Z pracovne Jozefa vyšla jeho uplakaná manželka. Pozdravili sme sa iba kývnutím hlavy, zdalo sa mi, že ma nevníma. V izbe lekárov rozoberali Jozefovo EKG: Rozsiahly infarkt zadnej steny myokardu. Informovali ma, že Jozefa popoludní zaviezli na resuscitačné oddelenie. Je pri vedomí, ale nikoho k nemu nepúšťajú, ani manželku.

Odišla som na svoje oddelenie, ale o krátky čas mi telefonovala kolegyňa, že Jozef zomrel. Zamrazilo ma, lebo som si pomyslela na obraz, ktorý mal v pracovni na stene. Tak Jozef predsa len nasadol na loďku a previezol sa na druhý breh života. Zdá sa, že infarkt kosí lekárov častejšie, ako iných ľudí.

12. Máj

Naša ulica je vysadená čerešňami. Tieto biele mladuchy v radostnom šelestení krášlia náš svet, aby nám onedlho ponúkli svoje sladké červené plody. Schádzame sa na nádvorí nemocnice a nasadáme do autobusov do krematória v Bratislave na rozlúčku s Jozefom. Odznievajú reči funkcionárov, tak ako sa patrí. Potom ceremoniál v krematóriu si jednoducho vymení dáta narodenia a životopis a pokračuje vo svojom oficiálnom príhovore. Truhla sa o chvíľu ponorila do podsvetia. Prejde pár dní a ja zabudnem na Jozefa, lebo úprimných nitiek medzi našimi dušami bolo málo. Sotva sme vyšli z miestnosti, už sa za ňou tisla nová truhla. V krematóriu sa pracuje ako na bežiacom páse. Na popol sa obrátiš, človeče, hovorím si v duchu. Ani nepostrehneme, načo sme tu vlastne boli. Kam si sa zaradil, Jozef, k dobrým či zlým? Čakať budeš na nás všetkých a možno aj pozerať na našu slepotu a hluchotu, vidieť a počuť veci potrebné na druhom brehu života.

15. Máj

„Ty máš ale šťastie, že odišiel Jozef, mal to na teba veľmi nabrúsené", povedal mi primár gynekológie, Jozefov spolufunkcionár.

Nepovedala som nič, lebo som o ničom nevedela, že by na mňa chystal niečo zlé. Zdalo sa mi, že po poslednom rozhovore bol náš vzťah na neutrálnom bode. Ponáhľala som sa na interné oddelenie za pani Frolovou. Dnes ju prepúšťame do domáceho ošetrenia. Zabrali lieky na žalúdočný vred a na krvotvorbu. Aká irónia, odchádza z nemocnice, bude žiť. Aký ojedinelý prípad! Dokázala prežiť i bez transfúzie krvi. Jej manžel vie, že dostala vlastne tú časť krvi, ktorá zastavila krvácanie, i plazmu, krv bez krviniek. Nepovedali sme to pani Frolovej. Nech si to s manželom doriešia doma. Podstatné je, že žije - a bude žiť. Mám z toho väčšiu radosť ako pani Frolová, lebo ona nevidela tú slabučkú nitku, na ktorej visel jej život.

Naplnená radosťou sa ponáhľam do pracovne vybaviť všetky písomnosti. Je štvrtok. Nemám ambulantný deň a predsa pred mojou ambulanciou sedia tajomník a farár. Farár drží v rukách lieky, ktoré mu od sestričky priniesol kaplán. Prišiel sa informovať o užívaní. Tajomník je zarastený a neoholený.

„Poznáte ma, pani doktorka? Pozrite sa na tie uzliny! Musím ich maskovať bradou, aby tak netrčali."

Keď som ho vyšetrila a odobrala krv, poslala som ho do laboratória. Neskôr sa obaja vrátili späť do mojej pracovne. Farár čakal na kaplána a tajomník čakal s ním na výsledky. Tak som ich nechala v mojej pracovni a písomnosti som si zobrala do ambulancie. Bola hneď vedľa pracovne, tak som nechala dvere pootvorené, lebo som bola zvedavá na rozhovor týchto dvoch protipólov.

„Viete, pán farár, pani doktorka nás povzbudzuje. Nehovorí ani pravdu, ani nepravdu. Ale ja viem, že to so mnou nie je dobre. Vyštudoval som filozofiu a rozmýšľanie je mojím údelom. Teraz na invalidnom dôchodku som sa vrátil od Lenina k biblií. Znovu riešim svoje staré úvahy. Hovoril som vám, že som vlastne celý život ostal trochu veriacim, i keď som bol v komunistickej strane. Rád by som vedel Váš názor na moje staré úvahy. Napríklad úvaha o povinnosti chodiť na omšu.

Počúval som raz jedného katolíckeho kňaza, ktorý povedal: Kto nechodí do kostola má smrteľný hriech a nemôže byť spasený. Nechodím do kostola. Po toľkých rokoch v komunistickej strane ani nemôžem, ako pre svoje svedomie tak aj pre ľudí. Viem, že by ma odsudzovali: Teraz, keď zdochýňa, ide do kostola. Taká by bola ich reakcia tvrdá a nemilosrdná. V evanjeliu sv. Jána som našiel takéto slová: *Ver mi, žena, prichádza čas, keď sa ani na tejto hore, ani v Jeruzaleme nebudete klaňať Otcovi. Ale príde čas, ba už je tu, keď sa praví ctitelia budú klaňať Otcovi v duchu a v pravde. Boh je duch, a tí, čo sa mu klaňajú, majú sa mu klaňať v duchu a v pravde.* Vysvetlil som si tie slová po svojom. Treba sa klaňať Bohu v duchu a nie v kostole. Pán farár, ako sa na tie slová Vy pozeráte?“

Malú chvíľu rozmýšľal a potom sa rozhovoril.

„Myslím, že tie slová kňaza boli tvrdé. Chodenie do kostola v nedeľu beriem ako prikázané svätenie siedmeho dňa, prospešné pre zdravie tela i duše. Svätenie nedele bez svätenia Otca v duchu nemá veľkú hodnotu. Keď vidím mužov i mládencov debatovať, ba i fajčiť okolo chrámu pri svätej omši, myslím si: Na čo ste sem prišli? Keď sa spýtam niektorej ženy, čo povie na dnešné evanjelium, nevie o čom je reč. Osobne si myslím, že pán Boh Vás nezatratí, keď sa mu budete klaňať v duchu a v pravde vo svojej izbietke.“

„Ďakujem Vám, pán farár, i za to, že ste uviedli slovo izbietka. V Matúšovom evanjeliu pán Ježiš hovorí slová: *Ale keď sa ty modlíš, vojdi do svojej komôrky, zatvor za sebou dvere a tak sa modli k svojmu otcovi, ktorý prebýva v skrytosti. Tvoj Otec vidí v skrytosti a odplatí ti.* Sú to slová pána Ježiša. Pre mňa sa zdajú byť dosť zreteľné."

Pán farár mlčal. Ba i ruženec, ktorý držal po celú dobu v rukách, si schoval do vrecka. Keď mu tajomník pozrel do očí, videl v nich únavu a zahanbil sa za svoje otázky. Farárova duša bola už vyrovnaná so všetkým, nebolo v nej už otázok. Tak aj tajomník zmĺkol. Vtom sa farár pozrel na neho a usmial sa. Uznal, že ho tajomník pochopil a preto sa predsa len rozhovoril.

„Ľudský život je cesta hľadania, plná otázok. Najviac hľadáme lásku a pravdu - žiaľ, viac v tých druhých. Neuvedomujeme si, že láska i pravda je v nás. Tam ju máme najprv hľadať. Ja som už prestal hľadať. Slová pána Ježiša: *Som tichý a pokorný srdcom. Pre vás som obetoval svoj život, viac som nemal.* Tie slová si nosím v srdci. S nimi pracujem a obetujem všetko Bohu a ľudom. I v Pascalových *Myšlienkach* som našiel závery, ktoré som si vypísal a často si ich opakujem: *Čo stratíš, keď si uveril?* pýta sa Pascal. A odpovedá: *Iba získaš, a staneš sa čestný, vďačný, láskavý, úprimne priateľský, verný, pokorný a opravdivý.* Takto si zlaďujem v sebe pokoru a silu. Veľa som čítal a veľa som hľadal. Teraz si myslím, že s dobrými myšlienkami treba žiť. Keď ich nájdem, už len na ne nezabudnúť."

Pán farár si prisunul stoličku k stolíku a upil si trochu z čaju, ktorý im poslala doktorka. V duchu mu tajomník dával za pravdu, lebo z Pascalových *Myšlienok* si nezapamätal nič, a to ich aj on dlho čítal.

V ambulancii pani doktorky bolo počuť laborantku, ktorá doniesla výsledky ich vyšetrení. Obaja sa zdvihli a čakali na svoj ortieľ.

Písala som nezmyselnú správu o zabezpečovaní požiarnej ochrany na oddelení. Žiaľ, bola som za to ako primárka oddelenia plno zodpovedná a nie platení požiarnici. Niet divu, že ma viacej zaujala debata v pracovni. V duchu som sa zapájala do ich debaty a vravela som si: Ani tie naše vedy nie sú také jasné. Rozmýšľame a sme nútení rozmýšľať o neznámych a nejasných súvislostiach v našej lekárskej vede. Na každom kroku, keď niečo vyriešime a dostávame sa do hĺbky problému, narážame na nové neznáme veličiny. Zdá sa mi, že všetko je relatívne - a nie exaktné. A predsa, ako zotrvávame v pozícií pýchy a nadradenosti aj v tejto našej malej nemocnici. Vyznievalo to vo mne ako reakcia na slová farára o pokore a službe.

Laborantka doniesla výsledky tajomníka. Je to relaps - návrat choroby. Musíme začať s novou cytostatickou kúrou. Tajomník svojím autom zaviezol na faru farára. Zdalo sa mi, že sa medzi nimi rodí priateľstvo. Toto priateľstvo mi dnes ukradlo Martina. Bol by určite prišiel pre farára, ktorého odviezol tajomník.

18. Máj

Ticho dozrievajú čerešne i višne. Opadli narcisy i tulipány, biele ľalie svojou omamnou vôňou napĺňajú záhradu a byt. Pekný je májový svet, kvitnúci a dozrievajúci, tak ako ľudský život. Postavila som sa v kostole za môj stĺp a čakala na Martina. Cítila som sa však unavená, preto som si sadla do lavice. O chvíľu Martin vyšiel zo sakristie k oltáru, sadol si na svoju stoličku a zopäté ruky si položil na kolená. Ako začínal omšu pozrel sa na veriacich. Keď ma našiel, chvíľu utkvel na mne pohľadom a odmlčal sa. Ministranti mu prichystali knihy evanjelia. Po jeho prečítaní začal kázať.

„Miluj blížneho svojho, ako seba samého", začína kaplán kázeň prikázaním, ktoré nám Kristus zanechal. „Keby sme ten príkaz plnili, celkom inak by vyzeral náš svet, aj keby nám Ježiš Kristus nič iné nebol povedal. Keby tento príkaz visel na stenách v rodinách, školách, úradoch, aké krásne by mohli byť vzťahy medzi ľuďmi. Človek, ktorý miluje blížneho svojho ako seba samého nebude predsa klamať, nenávidieť, závidieť, podvádzať. Aký bohatý a šťastný je človek, ktorý miluje. Pred láskou všetko bledne, mení hodnotu. Kto miluje je šťastnejší ako ten, kto túži po tom, byť milovaný. Tých, ktorí venujú svoje srdce Bohu, napĺňa Božia láska."

Krásne slová kaplána sprevádzala akási dosiaľ nepoznaná hrdosť. Buď zvelebená nedeľa, nedeľa slova Božieho, ktoré ohrieva dušu človeka ako lúče slnka našu zem. Po celej ceste domov vo mne doznievali slová i pieseň spievaná spolu s kaplánom. Žiaľ, som ako brečtan, ktorý sa vinie okolo opory, aby mohol rásť a neplazil sa po zemi. Môžeme byť naozaj priateľmi s kaplánom? Nevytváram si neskutočné ilúzie, že naše priateľstvo prekoná ľudské túžby, ktoré prídu, či chceme alebo nechceme? Zaplašila som tieto myšlienky a niesla som si domov svoj sviatok duše - radosť z chvíle ukradnutej večnosti.

Danemu som oznámila ešte včera večer, že pôjdem dnes ráno do kostola. Raňajky som im prichystala na stôl. Keď som sa vrátila domov, kuchyňa bola upratané. Deti sa dojednávali s otcom o popoludňajšom výlete. Ja som sa na nich usmiala: „Kto urobil poriadok v kuchyni?" Deti mlčali. Vedela som, že poriadok urobil Dane. Môj pokoj a láska v duši akoby menili i môjho muža. Láska je ako natiahnutá pružina, ktorá poháňa náš život k dobru a harmónií.

Hneď po obede sme sa vybrali na výlet do Piešťan. Nehovorila som veľa, program tvoril manžel. Zaviezol nás do Bacchusovej vily, kde údajne Beethoven prežil svoju bolesť po rozchode s kontesou Brunswickovou. Inga a Danko boli prekvapení. Obaja mali radi Beethovena. Kto by nebol naplnený bázňou? Môcť stúpať po doskách, po ktorých stúpal Beethoven, pozerať z okna, z ktorého on pozeral. I keď to mohlo byť len pomyselné, predsa nás všetkých napĺňala veľkosť jeho života. Zázrak jeho hudby... Robí u mňa divy. Zbavuje ma únavy a depresie, jeho „Osudová" kvíli so mnou v dobách zlých.

S deťmi som sa vrátila Beethovenovým chodníčkom do centra peši pred hotel Magnólia, kam po nás prišiel Dane autom. Zdalo sa mi, že sme všetci šťastní. Akú pohodu nám urobil tento spoločný výlet! Už dva roky sme na výlete neboli.

Vo mne však začal navodzovať aj iné myšlienky. Nie som to ja, ktorá som nevedela zniesť stav po manželovom úraze? Nie som to ja, ktorá som nevedela žiť bez jeho sily a ochrany? Ach, aká je moja láska?

Malá Inga rozpráva otcovi o Beethovenovom chodníčku a už plánujú spolu nový výlet.

„Ale otec, od rána do večera", zjednáva Inga.

„Áno, pôjdeme, na najbližšiu slnečnú sobotu i nedeľu na dva dni", sľubuje otec.

19. Máj

Celá príroda má svoje zákony, bežia neuveriteľne krásne. Jeden zákon zapadá do druhého. Táto reťaz od stvorenia sveta drží zem a človek obdarený rozumom odkrýva ohnivká tejto reťaze. Môj rozum nemôže akceptovať názor, že táto dokonalosť okolo nás i v samotnom človeku vznikla sama od seba.

Moja pacientka inžinierka Skalská, ktorú som zobrala prvú na vyšetrenie, sa ma spýtala:

„Pani doktorka, poznáte úplný účinok injekcie ktorú mi dávate? Mám väčšiu radosť zo života, bagatelizujem veci, ktoré ma pred tým rozčuľovali. Navyše: Túžim byť viac s manželom. Ale po mesiaci, keď pravdepodobne vymizne účinok injekcie, je to katastrofa. Som zlostná, unavená, ťažkopádna. Po prvej a druhej injekcií som nevedela, čo sa so mnou deje. Ani Vás som sa nechcela pýtať. Teraz som si uvedomila, že sa to opakuje po každej injekcií."

„Áno, pani inžinierka, poznám to – z teórie i z praxe."

„Ale ako je to potom vlastne s človekom? Stačí väčší prílev hormónov a ja konám inak ako bez nich. Pani doktorka, do akej miery je človek zodpovedný za to, aký je? Veď bez injekcie som akási chladnejšia, vypočítavá, ale i viac unavená a hašterivá. Ako budeme zodpovedať za to všetko? Veď mne sa teraz zdá, že naše konanie je závislé na hormonálnej sústave a kto vie ešte na čom všetkom inom."

„Ak chcete vedieť môj názor, poviem Vám ho. To čo sa u Vás mení je len nepodstatná časť, ale podstatu Vášho charakteru to nezmení", povedala som.

„Pani doktorka, ja trochu sledujem i génové inžinierstvo. Nie je to môj odbor, ale myšlienka, že by sme mohli zasiahnuť do podstaty človeka v génoch ma fascinuje."

„Na jednej strane fascinuje, na druhej straší – ako objav rádioaktivity. Pani inžinierka, ja som ďaleko od vedeckých bádaní. Rozmýšľam tak ako Vy. Takisto bez vedeckého podkladu. Dovolím si ale poznamenať, že možno to bude práve génové inžinierstvo, ktoré môže zmeniť tento svet. Je to paradox, ale zdá sa mi, akoby práve človek odišiel nedokončený, nedokonalý z tejto dokonalej dielne prírody, hlavne čo sa týka harmónie rozumu a citu. Všetci žijeme svoj život, jeden viac, iný menej nedokonalý, rozpoltený medzi dobrom a zlom tak, že v jednom okamihu to čo chceme, zavrhujeme. Je to večný zápas dobra a zla v nás. Náš rozum a vôľa sú v disharmónii. Zdá sa mi, že sme sa od stvorenia sveta nezmenili, rovnako klameme, závidíme, nenávidíme, dokonca sa i zabíjame, len na vyššej úrovni a masovejšie. V potu tvári sa dostávame k stromu poznania, ale lásku a harmóniu v živote nám to neprináša. Preto sú úvahy, či to nebude práve génové inžinierstvo, čo oddelí kúkoľ od pšenice. Pozerajte na to, pani inžinierka, ako na nejasné, hmlisté úvahy. Možno v niektorých výskumných ústavoch na to vidia už jasnejšie."

Vyšetrenie pani inžinierky trvalo nezvyčajne dlho a nejaký pacient už klopal na dvere ambulancie.

„No, my dostaneme, pani inžinierka, veď sme zabudli na čas!"

„Môžem Vás pozvať ku mne na návštevu? Veľmi by ma to potešilo a odmenila by som vám tento ukradnutý čas", povedala inžinierka.

21. Máj

Svet je postavený na paradoxoch. Vo všetkých javoch sú kladné i záporné stránky a je nemysliteľné meniť zápor na klad. Asi je nemysliteľné meniť diabla na anjela. Sila myšlienky združuje podobných ľudí. Keď nájdeme analógiu v myšlienkach človeka so svojimi myšlienkami, máme radosť. Takmer dva týždne som nevidela kaplána. Zatvorila som oči. Túžba po ňom mi naplnila srdce. Počula som jeho hlas a videla jeho úsmev. Tichá radosť mi vchádzala do duše. Do čoho som to uchvátená? Napila som sa z nápoja čarodejov? Martin, Martin, láska moja nádherná, šepkala som si do tichého rána. Nie, nebudem tlmiť tento krásny hlas vo mne. Láska môže žiť a môže byť požehnaním a nie hriechom. Či naozaj nedokážeme na zemi dávať lásku a nechcieť nič? Nie z nemohúcnosti a slabosti ale z podstaty ľudskej bytosti? Pochopí to Martin? Pochopí lásku ako odrazový mostík ku skutkom a k radosti z práce? Neodmietnem lásku, ktorú mi Boh posiela do levovej jamy, ktorá mi podáva ruku, aby som z nej mohla vyjsť. Moja láska má široký záber, ako kamienok hodený do vody. Klesne do hĺbky, ale kruhové vlny posiela do okolia.

S takýmito myšlienkami som prišla do nemocnice a tešila som sa na kaplána, ktorý privezie farára na vyšetrenie. Bolo iba sedem hodín. V čakárni pred ambulanciou ešte nikto nesedel. Pred dverami mojej pracovne však už postávali farár s kaplánom. Martinove modré oči žiarili radosťou a ja som ju opätovala. Všetko je dobré, vraveli moje oči farárovi. Vzala som ho do ambulancie a vyšetrila, moja sestrička mu odobrala krv. Farár si odniesol krv do laboratória, kde čakal na výsledky vyšetrenia. Martin ostal v pracovni a prezeral si moje knihy. Hľadal niečo, čo by mu bolo zrozumiteľné. Keď som sa vrátila do pracovne, Martin ma objal. Vášnivo ma stískal v náručí a bozkal ma na ústa. Vzdychla som si, lebo sa tomu nedalo zabrániť. Veď všetko vo mne kričalo: „Mám ťa rada". Martin to registroval. Sadla som si a ostala som ticho sedieť.

„Odpusť mi, Inga. Myslel som na teba celých desať dní, čo som ťa nevidel. Odpusť mi, nevydržal som neobjať ťa."

„Martin, veď aj ja žijem s tebou od rána do noci. Tvoje slová z kázne vstupujú do môjho života, menia ho na radosť, slnečný lúč, ktorý nikto nezastaví."

Martin si sadol ku mne. Objala som ho a pritúlila som si jeho hlavu na hruď. Zabudli sme na čas. Až zvonenie telefónu nás vrátilo do reality. Zabudla som i na ranné sedenie lekárov s odborným referátom.

Martin vyšiel z pracovne a čakal na farára v čakárni pred ambulanciou. Dvere sa zatvorili ale duša Martina zostala v pracovni. Tichá radosť a odovzdanosť ma celú pohltila. Ľahko a radostne som vybavovala všetku prácu. Keď mi čo i len chvíľa času ostala voľná, myšlienky sa ihneď vracali k Martinovi. Každý pacient pocítil dotyk mojej lásky. Po pracovnom čase zostala som chvíľu ešte v pracovni. Rozmýšľala som o svojom ošiali. Ostane náš vzťah pri bozku a pritúlení? Začala som sa báť i svojej túžby po Martinovi. Ale po ceste domov spadla zo mňa neistota a opakovala som si: Žijem tvojím slovom. Tvoje slovo vstupuje do môjho života a mení ho na radosť. Niet ma viac. Som iná bytosť v magickom kruhu tvojich myšlienok. Až teraz som si uvedomila, že sme si začali tykať a oslovovať sa krstnými menami.

Keď som sa vrátila domov, v byte bolo úplne tichučko.

„Je niekto doma?", opýtala som sa hlasnejšie v predsieni.

Manžel, ktorý obyčajne býval prvý doma z práce, v poslednej dobe prichádzal až na večeru alebo i po nej. Ani som si to doteraz neuvedomovala. Už prezlečená som prišla do kuchyne, kde som našla vzorný poriadok. Za závesom sa ozval smiech mojej Ingy.

„Akú mám radosť, mami, že som ti urobila také krásne prekvapko."

Naozaj som mala radosť, vyobjímala a vybozkávala som si Ingu. „Tak, zato budú palacinky s čokoládou na večeru."

Keď sme končili s večerou ozval sa telefón. Volala moja pacientka inžinierka Skalská. Sľúbila som jej návštevu na zajtrajšie popoludnie. Pomôžem jej vyriešiť problém tehotenstva študentky?

22. Máj

Už o piatej hodine ma zobudil májový dážď, ktorý mi klopkal na okno. V duchu som počítala úkoly, ktoré ma čakajú v dnešný deň. Ako vyriešiť problém inžinierky Skalskej? Pamätala som si na článok z jedného zahraničného časopisu. Rýchlo som vyskočila z postele, aby som mala čas pohľadať ho. Bola to pekná úvaha, žiaľ týkala sa výchovy k rodičovstvu. Neviem, čo mi pomôže v situácií tehotenstva. V pohode som pripravila raňajky a deťom desiatu. Ešte aj úsmev som im pribalila. Prvá som odchádzala do práce.

Nebo bolo zamračené, ale dážď už ustal. V kalužiach vody na chodníkoch sa odrážali stromy a domy ako v zrkadle. Vzduch bol plný ozónu a májovej vône. Aký nádherný je svet! Čo nás to zamotáva do siete trápenia? Koľko smútku a bolesti znovu stretnem v ambulancií?

Napodiv bol však zvláštny deň. Tajomník bol oholený, uzliny mu ustúpili a usmieval sa. Beatke narástli nové vlásky a nemusela mať šatku na hlave. Mala som radosť i s pani Frolovej. Nemala nijaké bolesti a pribrala. Vybavovala som rýchlo pacientov, aby mi ostal čas na inžinierku Skalskú i na Martina, ktorý mal prísť pre výsledky vyšetrenia a lieky farára. Už pred treťou som sa prezliekla a osprchovala. Čakala som na Martina. Pripravila som vodu na kávu, šálky a lyžičky.

Vodu, ktorá sa už varila, som vypla. Oddelenie pomaly tíchlo a keď ručička hodín pomaly kĺzala ku štvrtej, vedela som, že Martin nepríde. Duša mi posmutnela, ale zodpovednosť k inžinierke Skalskej odsúvala myšlienky na Martina. Prečítala som ešte raz článok zo zahraničného časopisu a rozhodla som sa, že z neho niečo použijem.

Inžinierka Skalská ma čakala pred bytovkou. Priestranný päťizbový byt mala útulný a príjemný. Posadila ma do obývacej izby a ujala sa úlohy hostiteľky. Na stôl poznášala všetko možné, ale obe sme boli ustarostené. Keď si ku mne sadla, hneď začala rozprávať.

„Pani doktorka, neviem či moju dcéru poznáte. Končí prvý ročník farmácie. Budúci otec je vojak - automechanik."

„Čo hovorí na to dcéra?", spýtala som sa.

„Predstavte si, že dcéra si chce dieťa nechať. Prácu i všetky starosti plánuje pre mňa. Otec milenca mojej dcéry je rozvedený a má aj s druhou ženou dve deti. Ten vojak je prvý rok na vojne. Kto to bude mať všetko na starosti?"

„Chápem Vás, pani inžinierka. Bolo by lepšie, keby toho tehotenstva nebolo. Nie som za potraty, ale neodsudzujem Vaše myšlienky. Chyby, ktoré robíme, sú od stvorenia sveta rovnaké. Všetko zlé, čo spáchame, je už samo o sebe jeho trestom. Viem, čakali ste, že vám pomôžem uľahčiť interrupciu Vašej dcéry. V situácii, v akej sa nachádza, jej komisia žiadosť odsúhlasí."

„Poznám to, pani doktorka, ale chcela som vedieť Váš názor."

„Tak môj názor poznáte. Poviem vám aj čo si myslím o názore katolíckej cirkvi. Katolícka cirkev je jednoznačne proti potratom, ale aj proti antikoncepcii. Dovolené sú iba prirodzené spôsoby antikoncepcie, napríklad podľa Billingsa[11]. Deti narodené do utrpenia a biedy sú na zaplakanie, podobne ako potraty. Priniesla som vám jeden článok, ktorý vám možno niečo objasní. Zavolajte mi, ako sa dcéra rozhodne."

---

[11] Určenie plodných a neplodných dní pravidelným pozorovaním konzistencie hlienu krčka maternice.

1. Jún

Sedím v kostole v poslednej lavici a čakám na Martina. Nevedela som, že aj u nás kňazskí a laickí odborníci usporiadali kongres, kde riešili otázky antikoncepcie a potratov. A tak Martin referoval z výsledkov tohto kongresu, koľko potratov sa u nás previedlo. „Dostal sa mi do rúk článok zo zahraničnej tlače a ja si dovolím, vám z neho niečo prečítať. Píše sa v ňom:

Kto si uvedomí z nás ľudí, pri starostiach o všetko materiálne, že ten maličký uzlíček, ktorý príde do našej rodiny, tak odlišný od všetkých tvorov, je malý zázrak? I keď sú starosti, koľko radosti a vnútornej sily by mal priniesť malý tvor do našich sŕdc. Uvedomuje si to niekto z tých, ktorý bezmyšlienkovite nepripravení rozumom ani citom na túto udalosť, sa ženú iba za sexom? Žiaľ, nie sú to len chlapci, ale i dievčatá. Áno, i dievčatá, ktoré by prednostne mali myslieť na krásu tejto chvíle. Spolu s otcom - manželom by mali pripraviť všetky podmienky, aby to maličké bolo radostne čakané a radostne priate do rodiny. Tento fakt radostného čakania, aj prípravy mladého muža aj ženy na tento okamih, by mali tvoriť podstatnú časť sexuálnej výchovy v školách a predmanželskej prípravy na farách. Bolo by krásne, keby sme si to uvedomili všetci: dievčatá a chlapci, rodičia a učitelia. V dvadsiatom storočí by nemusela kliatba hriechu byť motiváciou rozumného života. Rozumné uvažovanie a vnútorná disciplína by nám mali ukazovať cestu k harmónii života. Prikázania, ktoré všetky náboženstvá v rôznych formách dávajú ľuďom, sú len cestou k dobrému životu. Keď robíme skutky proti zdravému rozumu a proti svedomiu, hrešíme vlastne proti samému sebe, proti utvoreniu možnosti harmonického života. A to nielen v sexe, ale i vo všetkých iných skutkoch. Nedajme si vášňou zatemňovať rozum a stavať sex ako najvyššiu hodnotu života. Uvedomme si, že človek je pánom nad všetkým na zemi, a mal by

byť preto i pánom nad sebou samým. I v sexe by mal vidieť viac,
ako všetky tvory okolo neho. Snažme sa preto vniesť radosť
z mladosti i radosť z našej práce do radostného prijatia nášho
malého nemluvniatka do kruhu našej rodiny. Veď prijímame pána
a vládcu nad tvorstvom zeme, tak ako mu to určil stvoriteľ."

Martin potom pokračoval vo vlastnej kázni. Nevedela som si to zrovnať v hlave. Odkiaľ zobral Martin taký istý článok, ako som dala inžinierke Skalskej? Aj podstatná časť jeho kázne vychádzala z neho. Pri požehnaní sa kaplán pozeral na mňa a trochu sa pousmial. Keď som vyšla z kostola, hľadala som ho medzi ľuďmi, ale nebolo ho. Pomaly som prechádzala ulicami. Želala som si, aby ma Martin dohonil autom. Obzerala som sa na križovatke a skutočne som zazrela za mnou tmavohnedú Ladu. Radosť, ktorú stále nosil v očiach, hneď všetko urovnávala.

„Inga", oslovil ma krstným menom. „Neviem, či môžem pokračovať v tom, čo sme už začali: môžem vám tykať?"

„Mám z toho radosť, Martin", povedala som mu ticho, lebo práve okolo nás prechádzala známa z ulice.

„Ponáhľam sa, Inga, idem ešte slúžiť omšu do susednej dediny. Môžem zajtra k tebe prísť? Vysvetlím ti, kde som vzal tvoj článok."

Teraz som vedela, že to bol práve ten článok, ktorý som dala inžinierke Skalskej. Je to divné, ako sú ľudia navzájom pospájaný. Nasadol do auta a ešte dodal:

„Prídem zajtra o štvrtej."

Potichu som otvorila dvere a z pracovne manžela som počula hlas malej Ingy.

„Ocko, to bude senzačné!"

Pribehla ku mne a referovala mi plán budúceho výletu.

„Pôjdeme na Krížnu a odtiaľ po hrebeňoch až na Donovaly. Ocko si zatiaľ urobí svoj plán a na Donovaloch nás bude čakať autom."

Dane po havárii ešte do teraz nevedel dobre chodiť, zvlášť po horách – náročných túrach. Moja radosť, ktorú som si niesla v srdci z kostola, sa znásobovala. V skutku, akoby sa niečo menilo v našej rodine. Je to moja radosť, ktorá sem vstupuje a ovplyvňuje manžela a Ingu? pýtala som sa v duchu samej seba. Bolo skoro deväť hodín a ešte nikto neraňajkoval. S Ingou sme pripravili raňajky. Vstal aj malý Dane a už dávno sme nezažili také radostné nedeľné ráno. Danko sa vypýtal na volejbal a Inga s otcom upratali kuchyňu, kým som sa prezliekla na varenie nedeľného obeda.

2. Jún

Ráno som prišla do práce. Na stole som našla pozvánku na gremiálnu poradu okresných odborníkov na štrnástu hodinu. Vždy som ľutovala stratený čas, strávený na gremiálnych poradách. Riaditeľ povedal to, čo musel povedať. My sme to museli vypočuť. Svoju mienku sme si nechali pre seba, lebo nemalo význam ju vysloviť. Nič by sa nezmenilo. Dnes som musela byť na gremiálke prítomná, lebo som už trikrát dostala pokarhanie pre neprítomnosť. Kedy sa skončia tieto nezmyselné porady? Bála som sa, či skončíme do šestnástej hodiny. Mal prísť Martin. Celé predpoludnie sme rýchlo vybavovali pacientov a ostatnú prácu. O dvanástej sme boli so všetkým hotoví. Poobede som si rýchlo oddýchla pri hudbe a presne o druhej som bola na gremiálnej porade. Na prekvapenie boli všetci odborníci už prítomní. Múdry gynekológ Laco Babiak podával inštrukcie a videla som, že všetci niečo píšu. Podstrčil aj mne papier, na ktorý som si mala napísať správne čísla odpovedí na písomný test o požiarnej ochrane. Laco Babiak nám ich diktoval. Skutočne som zabudla preštudovať dva zväzky inštrukcií o požiarnej ochrane. Tak som poslušne písala: prvá otázka – a, druhá otázka – c a tak ďalej sme prebrali päťdesiat otázok a správnych odpovedí z prvého i druhého zväzku o požiarnej ochrane. Len čo sme skončili, prišlo panstvo z požiarnej ochrany. Rozdali nám dôležito testy a my sme mali odpovedať písomne. Kypela v nás zlosť. Primári oddelenia, ktorí sú ústrednými činiteľmi nemocnice, zodpovední za zdravie a život pacientov, vyplňujú testy pre požiarnikov. Síce robíme ich tak, akoby sme ich ani nerobili. A tak všetci poslušne píšeme písmená nadiktované primárom gynekológie. Testy sme všetci úspešne zvládli. Požiarnici odišli spokojní, aj nás pochválili. Pokračovali sme v gremiálnej porade. Riešili sme večné témy o pracovnej neschopnosti a prekračovaní liekov. Soňa, ako vedúca zdravotného odboru, navrhla, nevyplatiť odmeny lekárom, ktorí prekračujú náklady na lieky.

„Dokedy budú iba lekári zodpovední za prekračovanie položky na lieky?", pýtala som sa Soni. „Nie je nám všetkým jasné, že tie lieky veľakrát zbytočne vyberajú pacienti? Nemali by sme rozmýšľať, ako pacienta zainteresovať, aby sa účelne vyberali lieky? Ako členka Okresného výboru Československého červeného kríža by som sa podujala urobiť s členmi ČSČK[12] prieskum nevyužitých liekov v našich domácnostiach. Vieme všetci, akú by to malo hodnotu."

Soňa sa na mňa nevraživo pozrela a vyhlásila:

„Prosím ťa, také návrhy nerob. Nemuselo by sa ti to vyplatiť. Nie je to línia strany."

Všetci boli ticho. Návrh na odmeny, čiže neodmeny, bol schválený. Preberala sa ďalej práceneschopnosť pacientov, ale päť minút pred štvrtou mi telefonovala dohovorená laborantka, že ma potrebuje „súrne" na odčítanie výsledku laboratórneho testu. Riaditeľ ma uvoľnil. V mojej pracovni som už našla Martina.

Keď som vstúpila, pousmial sa. Krv sa mu nahrnula do tváre. Podala som mu ruku. Podržal ju vo svojich dlaniach. Potom sa sklonil a pobozkal naše spojené ruky. Pocítila som krásnu auru, ktorá bola okolo neho. Precítila som jeho radosť.

„Toľko starostí vychádza z teba, Inga, že sa bojím k tebe priblížiť", povedal Martin.

„Myslím, že nie starosti, ale zlosť, ktorú si prinášam z porady riaditeľa, odstrašuje. Ale už je to preč."

Oddelenie bolo tiché a telefóny mlčali. Martin sedel sám v mojej pracovni. Prisadla som si k nemu a k šálke čaju. Zabudla som na všetko. Nevedela som sa nasýtiť Martinovho hlasu a jeho

---

[12] Česko-Slovenský Červený kríž

pohľadu. Počúvala som ho a slová mi unikali. Rozprával o kázni a prešiel na článok, ktorý mu dal doktor Vavra. S nechápavým pohľadom som čakala vysvetlenie, prečo doktor Vavra.

„Vieš, Inga, ten vojak o ktorom ti rozprávala inžinierka Skalská, je synom doktora Vavru z prvého manželstva. Tak sa dostal tvoj článok ku mne."

„To by som si nepomyslela. Ako rôzne sa ten život prepletá."

„Inga, poznám tvoje stanovisko k potratom a som rád, že si ho vyslovila pred inžinierkou Skalskou. Katka, teda jej dcéra, si dieťa ponechá. Čoskoro budú mať svadbu."

„Taký jedinečný happy end. Ale inžinierku Skalsú čaká veľa starostí."

„Prerušené tehotenstvá nám robia veľké útrapy", povedal Martin.

„Ani lekárom nie sú príjemné... Povedz mi však úprimne, Martin, ako sa ty pozeráš na antikoncepciu?"

„Najprv mi povedz ty svoje lekárske stanovisko na prirodzené plánovanie rodičovstva, ktoré doporučujeme. Som na to zvedavý z praktického hľadiska."

„Podľa mojich skúseností k prirodzenej regulácií treba dvoch jedincov, ktorý majú pevnú vôľu a vedia sa ovládať – to je po prvé. Za druhé, stresy a starosti, v ktorých žijeme, pravidelnému cyklu tiež žene nenapomáhajú. Ťažko je spoľahnúť sa na prirodzenú reguláciu, či už je to metóda Billingsova alebo Ogino-Knausova[13]."

„Vieš, Inga, ja musím tlmočiť verejne názor mojich predstavených. V osobnom presvedčení nie som za potraty, ale nie som ani proti antikoncepcií. Preveroval som si prirodzené plánovanie rodičovstva u gynekológov a majú podobný názor ako ty. Z môjho osobného hľadiska kňaza si myslím, že Boh pozerá

---

[13] Určenie plodných a neplodných dní analýzou minulých menštruačných cyklov.

na srdce človeka, na jeho úmysel. Ten je rovnaký, či sa jedná o antikoncepciu alebo prirodzené plánovanie rodičovstva: Zabrániť počatiu! Preto som skôr za účinnú antikoncepciu ako potraty. V biblií je napísané: Rozum sa im zatemnil a vôľa sa im naklonila k zlému. To po prvom hriechu Adama a Evy. Raj sa im stratil, lebo Eva musela rodiť deti v bolesti a Adam v potu tvári pracovať, aby uživil rodinu. Je to náš ľudský údel. I ja mám rozum zatemnelý. Inga, stále myslím na teba, vo dne i v noci. Je tak bolestné myslieť na teba a nebyť s tebou. Pomáham si ako viem."

Stál a objal ma. Radosť a šťastie bolo v nás oboch, no ja som sa predsa uvoľnila z jeho objatia.

„Áno, tak je to správne. Už sa musím veľmi ponáhľať. O piatej mám svätú omšu."

V rýchlosti zobral lieky a kartotéku pána farára. Ešte povedal:

„Zavolám ti."

A už ho nebolo.

Letela som domov. V hlave som mala zmätok. Zohriala som pripravenú večeru a hladné deti sa ihneď pustili do jedla. Manžela nebolo. Nevedela som, akú prácu kde má.

„A teraz ti niečo prezradím, mami", povedala Inga, keď sa najedla. „V piatok popoludní pôjdeme na výlet. Počkaj... Kam to pôjdeme? Aha, už viem, pôjdeme do Tureckej. Už tam máme objednané ubytovanie. Tak sa už teším! Pravda pôjdeme, mami?"

„Áno, pôjdeme, aj ja sa teším, len ako to bude s ockom?"

„Povedal, že to má všetko premyslené", vysvetlila mi Inočka.

Nepochopila som, prečo Dane vybral Veľkú Fatru. Bol to náš prvý výlet, keď sme začali spolu chodiť.

„Aj ty pôjdeš s nami, Danko?", pýtala som sa syna, ktorý dojedal druhú porciu francúzskych zemiakov.

„Áno, pôjdem", odpovedal syn.

V našom dome bola radosť. Možno to bola moja radosť, ktorú som nosila v sebe. Zdalo sa mi, že prechádzala aj na manžela a nejako menila naše vzťahy.

8. Jún

V každom národe je uložená krása umu rúk, krása umu srdca a krása prírody. Človek s pokorou a úctou obzerá svoju zem a obdivuje jej jedinečnosť. My obdivujeme končiare, kotliny a bralá Veľkej Fatry. Od Tureckej cez Salašky na Krížnu, v opare hmly a velebnej tichosti nedeľného rána nás viezla sedačka na vrchol Veľkej Fatry. Manžel sa vracal sedačkou naspäť do Tureckej, kde sme prenocovali. Urobí si svoj program a o piatej nás bude čakať na Donovaloch. My traja sme sa vybrali hrebeňom Veľkej Fatry až na vrch Zvolen a z neho na Donovaly. Hmla si pomaly sadala do údolia, vpíjala sa do úbočí a nad dolinami ožiarenými prvými lúčmi slnka sa rozplynula úplne. Jagavé kvapky rosy boli ešte ustlaté na pavučinách ako strieborné koráliky z detských hier. Čarovnú hudobnú kulisu rána tvorilo vôkol cvrlikanie cvrčkov. Ako pozdrav z našej roviny stretávali sme aj tu motýle Belásky. A to sme už klesali do Tureckého sedla zmámení krásou úbočí a skalnatých zámkov hore na vrcholoch okolo nás. Uveličuje nás i pohľad na doliny a v nich veľké bodliaky. Ich dokonalá architektúra dokonalosťou a krásou ďaleko predbehne akýkoľvek ľudský výtvor. Buď pozdravená krása. Vďaka Bohu, že nám dal toto krásne ráno. Že stvoril pre človeka krásu sveta a našu krásnu zem.

Po celej ceste sme si vyspevovali a Danko s Ingou si aj občas pískali do kroku. Už ideme šesť hodín. Po malej obednej prestávke sme sa dostali až na úpätie vrchu Zvolen a na všetkých sa dostavila únava. Bola prestávka. Danko otvoril chlebník a obložené chleby sme zapíjali citrónovou šťavou. Chutilo nám všetkým, ale únava sa zvýšila. Ako hodváb mäkká je tráva na úbočí Zvolena. Ustielame si ju pod seba. Každý si robí pohodlie na relaxáciu. Deti stíchli a začali podriemkavať. Ku mne akoby priletel hlas Martina a tichá radosť mi naplnila dušu. Prijímam jeho posolstvo lásky, nadšenie života, vyplnenie prázdnoty, vodu v púšti, pokrm hladujúcim, posilu maloverným a nádej klesajúcim. Akoby sa zastavil čas. Nad hlavami sa nám chveje letný vzduch. Kde tu počuť zapískanie vtáka a tiché šumenie hory. Ja znovu počujem Martinov hlas a vidím jeho úsmev. Uvedomujem si, že láska k Martinovi znásobuje aj moju lásku k deťom a zdalo sa mi, že urovnáva aj spolužitie s manželom. Už dávno sme sa nepohádali, všetko riešime kľudne. Robí to moja radosť? A vtedy mi prišli na myseľ manželove neskoré príchody. Nenašiel si aj Dane niekoho, kto ho drží nad hladinou?

Deti zaspali, ale čas beží neúprosne. Preto som ich zobudila. Danko vyskočil bystrý, ale Inga mala nohy stŕpnuté. Hlási sa svalovica a od bolesti sa jej ťažko kráča. O hodinu nás čaká otec na Donovaloch. Už sme nešli na vrchol Zvolena. Po jeho svahu sme sa púšťali do doliny a odtiaľ na cestu. Inge sa išlo čoraz ťažšie. Vtedy Danko nalámal konáre z duba a posadil na ne Ingu. Po hodvábnej tráve sa konáre kĺzali ako po ľade. Inga sa tešila nezvyčajnej doprave. O niekoľko minút boli dolu pri ceste, takmer som za nimi nestačila. Všetci sme mali radosť. Inga akoby zabudla na svalovicu a sama bežala na cestu. Stopom na nákladnom aute sme sa dostali na Donovaly.

Deti hľadali otca, ale ešte nebol na parkovisku. Chýbalo ešte štvrť hodiny do dohovorenej piatej. Tak sme sa posadili pri bufete. Colou sme si hasili smäd.

„Ocko", kričala hlasno Inga na otca, ktorý sa presne dostavil na parkovisko. Ako sa k nám blížil, Inočka znovu kričala: „Ocko, ja som sa viezla ako princezná z rozprávky na konároch stromov dolu svahom, ako sa to krásne kĺzalo!"

Bolo v nej toľko radosti, že ju otec objal a pobozkal. Už dlho som takýto obrázok u nás nevidela. Bolesť v nohách u Ingy už akoby neexistovala. Aj Danko mal radosť z krásneho výletu.

Po celej ceste domov v aute s otcom spievali. V duchu som si šepkala: Buď požehnaná láska v srdci, kde existuje, robí zázraky a mení svet.

19. Jún

Prácu sme ukončili. Oddelenie bolo už tiché. Na stole som mala hŕbu odborných časopisov, správy o nových liekoch, vestníky ministerstva zdravotníctva a iné. Pred konferenciou v Tatrách som musela veľa študovať a po nej som vypla, preto sa mi nahromadil kopec papierov. Tak som brala do rúk časopis za časopisom, čítala som články alebo len ich závery. Vyrušilo ma tiché zaklopanie na dvere ambulancie. Mala som ešte veľa práce a nebola mi vítaná nijaká návšteva. Ale to už moja sestrička viedla do pracovne pani Sekerovú.

„Nehnevajte sa na mňa, pani doktorka, ale nemám sa ísť ku komu poradiť."

Pohľad na ňu bol žalostný. Pozerala na mňa krvavými očami, pod ľavým okom rozsiahla modrina. Ukazovala mi ďalšie modriny na rukách i chrbte. Nebolo to po prvýkrát, čo ku mne takto prišla.

„Odpusťte, že som sa dostavila až teraz. Hanbila som sa takto prísť medzi pacientov."

Ľavé oko vyzeralo zle, preto som ju ihneď poslala na očné oddelenie.

„S výsledkom príďte ku mne naspäť, napíšem vám lieky."

Pani Sekerová bola moja pacientka. I cez krvavé oči bolo vidieť jej zlobu a nenávisť k svojmu mužovi. O chvíľu sa vrátila z očného vyšetrenia. Na šťastie oko nebolo vážne zasiahnuté.

„Pani doktorka, ja to už nevydržím. Prídem z práce a neviem čo skôr urobiť. Muž mi nič nepomôže, fláka sa s kamarátmi a pije. Pravdaže, nadávam mu, vadím sa s ním a potom ma takto doriadi."

Rozprávala o celom včerajšom večeri, neprerušovala som ju. Všetko som jej uznala. Moja rada, skúsiť to po dobrom, sa nedala realizovať. Možno, keby bola injekcia na trochu dobra, zhovievavosti, trpezlivosti, lenže také injekcie zatiaľ nepodávame. Jej muž pracuje dobre, v práci sú s ním spokojný, preto nikto neuvažuje o tom, poslať ho na protialkoholické liečenie. Keď sa pani Sekerová vyhovorila, uspokojila sa.

„Pani doktorka, znovu som pred menses. Myslím, že i z toho sú tie výbuchy zlosti. Tak ako ste to hovorili."

„Povedali ste manželovi, aby vám v tie dni trochu pomáhal?"

„Nie, nepovedala. Nebudem sa pred ním tak ponižovať. Nedokážem to."

„A keby sme to skúsili spolu? Príďte zajtra ráno na vyšetrenie spolu s manželom."

Oko mala zalepené, nevyzerala už tak mátožne. Sľúbila, že ráno prídu. Aj keď odišla, ostával mi jej problém v myšlienkach. Vedela som, že väčšina žien si neuvedomuje hormonálne výkyvy ktoré sú v nás. Z ničoho nič príde zmena nálad: zlosť, depresia. Hormóny, ktoré pripravujú vajíčko na oplodnenie, pripravujú mnohým ženám dobrú náladu. Ženy, ktoré ich majú dostatok, sú milšie. Tieto hormóny ich uspôsobujú aj získať si partnera. Tak, ako je to v celej prírode. Pokles týchto hormónov tesne pred menštruáciou robí mnohým ženám zlú náladu. Z niektorých sa stanú priam fúrie. Aj keď láska u ľudí má aj iný vnútorný náboj, tieto hormóny tvoria predsa dôležitú časť vzťahov k druhému pohlaviu. Poznám to aj z reakcie pacientiek na hormonálnu liečbu a z ich hodnotenia. Aj ja si to uvedomujem čím ďalej tým viac: človek je taký, aký je. Takého ho treba milovať, alebo aspoň tolerovať. A takto som si ujasnila myšlienky, ktoré zajtra chcem povedať manželom Sekerovým.

Na oddelení som bola znovu sama. Všetko už poodchádzalo. Doma ma čakajú deti a možno aj Dane.

Domov som dobehla o piatej hodine. V byte bolo ticho. Nebolo ani detí, ani Daneho. Kľudne som pripravovala večeru. Veselí a rozvravení prišli všetci spolu domov až o siedmej. Inočka hneď od dverí kričala:

„Danko je najlepší vo volejbale! Mali sme športové popoludnie! Aj ocko bol s nami a podporoval Danka aj s pani profesorkou Vaculovou."

Objala som Danka. Videla som, že je šťastný i preto, lebo otec bol s ním. Okolo manžela sa šírila zvláštna dámska vôňa. Trochu ma to zarazilo. Ako aj fakt, že fandil Dankovi s výstrednou rozvedenou profesorkou Vaculovou, ktorá učila slovenčinu na gymnáziu, do ktorého chodil Danko. Poznala som ju len zbežne. Po večeri dostal Danko veľký višňový dezert za prvé miesto jeho družstva dorastencov vo volejbale. Všetci boli šťastní a spokojní. Iba moje myšlienky boli nepokojné, lebo som začala kombinovať vôňu okolo Daneho s profesorkou Vaculovou.

20. Jún

Ráno som skoro vstala. Pripravila som raňajky, deťom aj desiatu a zbehla som do garáže. Otvorila som auto. Zostala v ňom ešte vôňa, ktorú Dane priniesol večer domov. Na prednom sedadle bola deka a pod sedadlom prázdne fľaše od vína. Začala som si potvrdzovať moju nepokojnú myšlienku, že ma muž klame s profesorkou Vaculovou. Zdalo sa mi, že sme sa v poslednej dobe dosť zbližovali. Bola to cudzia radosť, ktorú sme si obaja nosili domov? Počas práce vo mne ticho doznievalo presvedčenie o nestálosti a plytkosti ľudských vzťahov, tak ako aj mojich. To, čo sa mi zdalo, že prišlo ako požehnanie do nášho domu, sa zrazu rozplynulo. Svoj vzťah k Martinovi vyťahujem ako záchranné lano a skobu o ktoré sa prichytím na strmej skale života. Zaumienila som si, že budem ticho. Nevidím nijaké iné riešenie. Ale akokoľvek som sa snažila, radosť, ktorá doteraz bola vo mne, sa strácala. Pôjdem v nedeľu k Martinovi. Začala som sa tešiť na jeho myšlienky. Pred odchodom domov som ticho dumala v pracovni, keď sa ozval telefón. Volala Soňa, aby som ju počkala, že príde za mnou. Soňa sa rozviedla a už sa aj stačila znova vydať. Jej druhý manžel učil nášho Danka matematiku. Bola som si istá, že Soňa vie o Daneho záletoch. Kým Soňa prišla, už som mala prichystanú kávu a svoju som pomaly popíjala.

„Nemusíš nič hovoriť, Inga, všetko je na tebe vidieť", skočila Soňa do jadra veci, hneď ako prišla.

„Neviem, čo myslíš", zaprela som svoje tušenie.

„Pozri, Inga, mám svoj názor na mužov, pracujem medzi nimi. Ale keď žena začne rozprávať intímnosti o mužovi, s ktorým má pomer, presahuje to rámec nechutnosti. Vieš o kom hovorím? Profesorka Vaculová sa nechala počuť v zborovni. Kľudne porozprávala o svojom vzťahu s tvojim Danem a vysmievala sa mu. Ponižuje aj teba, ver mi. Čo s tým chceš robiť?"

„Nič nebudem robiť, budem mlčať."

„Ach, Inga, čo sa to stalo s tvojim pekným manželstvom, ktoré som ti závidela. Vieš, aké bolo moje staré manželstvo. Pri otvorení gynekologického pavilónu som vyvádzala ako nepríčetná. Viem to. Bol to revanš za Karolovu neveru. Nech to vie, že nie som utisnutá iba na neho. Potom som sa ku všetkému priznala. Ešte i k tomu, čo som neurobila. Povedala som mu, že som ho nikdy nemala rada. Preto sa naše manželstvo rozpadlo. Tak sme sa rozviedli. Teraz ale vidím, že aj ja som pripravila utrpenie mužovi a deťom."

„U nás je to niečo iné, Soňa. Dane sa zmenil od havárie a ja dúfam, že sa to ešte vráti k dobrému. Viem o jeho vzťahu k Vaculovej, ale nebudem s tým robiť nič. Neviem pochopiť, prečo s ním chodí, keď sa mu vysmieva."

„Ľutujem Daneho, že neprehliadol tú beštiu", povedala Soňa. „Julo, môj druhý manžel, mi o nej hovoril... nechcem ti to ani všetko zopakovať. Páči sa mu tvoj Danko. Má vlohy pre matematiku, ktorú ho Julo učí."

„Áno, z detí mám radosť. Preto chcem doma mlčať."

„Ale i tak sa mi zdá, že to všetko veľmi pokojne prijímaš. Počúvaj, neväzí v tom niekto, kto ťa upokojuje?"

„To sa ma pýtaš ty? Ty ma nepoznáš?", odbila som Soňu.

V duchu som ďakovala Bohu, že som sa nezačervenala. Soňa dopila kávu a zobrala ma svojím autom do obchodu na našom sídlisku. Ako automat som hádzala veci do košíka. Podala som pokladníčke tisícku a na vyúčtovanie som nepočkala. Musela vstať a vrátiť mi zvyšok peňazí pri dverách. Hlavu som mala plnú Soniných rečí. Myšlienka na posmech a urazená pýcha budili vo mne hnev. Všetko zlo prežité od havárie manžela sa mi začalo vynárať v mysli. Keď som prišla domov, v zlosti som začala vyberať nevyžehlenú oprатú manželovu bielizeň z koša. Nech si to zanesie žehliť pani profesorke! Začala som k tomu pridávať aj špinavé košele. Vtedy som si všimla golier košele červený od rúžu. Ako som ju držala v rukách uvedomila som si, aké bláznovstvo robím. Znovu som to všetko uložila naspäť. Vyložila som z nákupnej tašky šunku, maslo, syr a pečivo. Na stôl som položila ceduľku:

Som v nemocnici

Nikoho som doma nehľadala a vyšla som na ulicu. Bolo päť hodín popoludní. Ľudí bolo všade plno. Vrátila som sa do pracovne a rozmýšľala, čo ďalej. Vybrala som si kazetu s Beethovenom a pustila som si jeho „Osudovú" symfóniu. Vášeň, zloba, nenávisť burácali vo mne s bubnami „Osudovej". More vystupuje z brehov a plazí sa za stroskotancom v hukote príboja. Všetky zlé živly hučia vo víchre a ničia všetko, čo im príde do cesty. V tomto víchre sa zrazu ukáže malé svetielko, maják zažatý od večnosti, a bliká kdesi neďaleko. Za tým svetlom stojí pohľad večnosti, tam stoja Inočka a Danko, a tichý vánok strháva pávie perá pýchy z mojej duše. Pomaly prichádza ku mne pokora piety v tvári babičky malej Beatky, tichá odovzdanosť bolesti i smrti pána farára. Aj Martin je tu so mnou. Nástojčivá melódia posúva sonátu k jasnému koncu. Melódie sa vracajú a dospievajú k vrcholu, k uvoľneniu duše. Ach, Beethoven, tvoril si pre nekonečný hlad duše a jeho upokojenie. Až teraz si uvedomujem, že dnes je vlastne piatok, že je pred nami víkend s Martinovou nedeľou. Vrátila som sa z nemocnice. Manžel už sedel v hale. Pozeral na mňa očami plnými klamstva ale i akéhosi sklamania. No a čo, čo sa stalo, pýtali sa tie jeho oči. Bola som už vyrovnaná a kľudná. Keby som ho tak našla pred dvomi hodinami, bola by som naňho vychrlila všetku zlobu svojej duše a moje skratové konanie by bolo náš život odnieslo iným smerom. Moje oči mu však teraz odpovedali kľudne. Máš pravdu, nič sa nestalo. Odišla som do svojej izby. A predsa z manžela na mňa preskočila akási zloba. Nútila ma vrátiť sa do haly. Našťastie Dane už bol vo svojej izbe. Aj deti sa učili u seba. Bola som vyčerpaná. Zobrala som si Diazepam[14] a rýchlo som zaspala.

---

[14] Klasický liek na upokojenie a utlmenie, pravidelné užívanie je vysoko návykové.

22. Jún

Napriek chaosu, ktorý som nosila v sebe, zvládla som sobotnú prácu i prípravu nedele. Akoby mi predsa len zostali nejaké endorfíny[15] a produkovali radosť, radosť z nedele.

„Ľudský život je síce krátky, ale v utrpení sa nám jednako vidí pridlhý", začal kázeň Martin.

Ako je to možné? Trpí kaplán, alebo mu posielam svoje trápenie? Počúvam Martinov hlas, ale v duchu sa prenášam k Danemu. Znovu ho vidím, ako sedí v hale. Martin sa mi strácal, pokiaľ som znovu nezachytila jeho slová:

„Láska je boží lúč v srdci človeka. Pred láskou všetko bledne, lebo je to najväčšia hodnota, ktorú v živote získame."

Pohľad, ktorý na mňa občas uprel, začal zastierať stopy môjho trápenia.

„Ja nechcem obetu, chcem milosrdenstvo, povedal Kristus. Milosrdenstvo, čiže milé srdce, s ktorým treba pristupovať k naším skutkom. Kto má lásku v srdci nezávidí. Manžel, ktorý miluje svoju ženu, nezávidí neveru neverným manželom. Kto pocíti lásku v srdci má bohatstvo a láska k Bohu dáva hĺbku šťastiu človeka."

Zdalo sa mi, že Martin rozvíja moje myšlienky. Aj tie o milosrdenstve. Tieto myšlienky spájali naše duše, akoby sa z dvoch životov stal jeden. Prosila som svojho Boha, aby nám ponechal túto jednotu. Plná súzvuku s Martinovými myšlienkami som vychádzala z kostola. Krídla, ktoré mi daroval, skracovali moju cestu domov.

Na križovatke ulíc zastalo pri mne Martinovo auto. V jeho očiach bola ešte celá jeho kázeň. Vyšiel von z auta. Podal mi ruku a držal moju vo svojej dlani.

---

[15] Hormóny vylučované v tele spájané s pocitom šťastia.

„Ako by som rád išiel na kraj sveta s tebou. Ale chcem sa ti ospravedlniť. Nemohol som prísť na kontrolu s farárom, mali sme návštevu z Ríma. Prídeme v utorok", povedal mi Martin a nasadol rýchlo do auta za svojimi povinnosťami. Musela som odbočiť do vedľajšej ulice. Moja duša spievala „Magnificat" a bála som sa, že je to počuť široko-ďaleko. Kráčala som sama nedeľným ránom. Na počiatku bolo slovo. Preletelo od pólu na pól. To slovo vyjadrovalo naše spoločné myšlienky a Martin z nich urobil neviditeľný kruh, ktorý spojil naše duše. Môj život sa znovu dostal na vyšší stupienok, na vyššiu úroveň. V mysli sa mi vysmieva akýsi hlas. Odporujem mu. Láska môže žiť. Môže žiť priateľská láska a nemusí končiť v posteli. Ale pochopí to Martin? Pochopí Martin túto obetu, ako odrazový mostík ku skutkom a tichej radosti v srdci? Hahaha, smeje sa mi znovu ten hlas. To je ilúzia, priam utópia. Zavrhujem jeho posmech a ostáva vo mne to, čo chcem. Ostáva vo mne dobrý kaplán Martin.

23. Jún

Ráno ma zobudilo štartovanie auta. Vstala som a otvorila okno. Dane zatváral garáž a odchádzal do práce. Nechcel sa so mnou stretnúť? Včera som bola vyrovnaná a kľudná. Všetko som stihla porobiť, aj som sa naňho usmiala a predsa uteká z domu. O chvíľu Danovo auto znovu zastalo pred domom. Dane vyšiel a niesol v rukách ranný nákup. O chvíľu už veselo volala Inga: „Mami, Danko, raňajkovať!"

Stála som zarazená. Je to gesto zmierenia, alebo má radosť so stretnutia s profesorkou Vaculovou? Ale radosť Ingy z pripravených raňajok bola nákazlivá. Veselo sme sa najedli a prvá som odchádzala do práce.

Nestačila som sa ani prezliecť, keď ma v pracovni prekvapil môj Danko.

„Čo je, Danuško, čo sa stalo? Si celý zadýchaný!"

Danko nesúvislo koktal:

„Mami, môžem ísť do Leningradu a do Štokholmu? Vybrali ma na zájazd za dobré výsledky v škole a v športe. Bude to jeden týždeň. Aj ocko by mohol ísť s nami, ako predseda Združenia rodičov", sypal Danko pre mňa ešte stále nejasný oznam.

Pri poslednej vete mi zamrzol úsmev na perách. Bleskovo som si premietla Daneho úslužnosť pri raňajkách a začala som si ju spájať so zájazdom s profesorkou Vaculovou, na ktorý berie aj Danka.

„Mami, ale odchádzame už zajtra. Neboj sa, idem zadarmo a ocko platí polovicu. Môžem ísť, mami?"

Tá veľká radosť v Dankových očiach mi nedala zaváhať.

„Samozrejme že môžeš ísť, len či to stihneme všetko pripraviť... A ocko to všetko vie?"

„Nie, nevie. Hneď utekám za ním."

Moja teória s výletu Daneho s Vaculovou padala. Nerozumiem ničomu. Kolegyňa bola ochotná zastúpiť ma v ambulancií, tak som išla domov, pripravovať zájazd. Po ceste som kupovala čo som pokladala za nutné na ich cestu, ale v srdci mi hlodal čert zloby. Dane predsa musel o tom niečo vedieť. Mohol aspoň dačo povedať. Predsa je to len šturmovanie, vychystať ich za jediný deň. Len čo som prišla domov, ozval sa telefón. Na moje veľké prekvapenie volal Dane, aby som s Dankom cestovala ja. Vraj sa ešte na takú cestu neodváži a domácnosť bude viesť vzorne. Bola som znovu zaskočená. Chce si Dane urobiť doma pekný týždeň s Vaculovou?

Danko prišiel o chvíľu s otcom a dali sme sa do balenia. Zájazd bol organizovaný cez Združenie rodičov. Danemu sa podarilo vybaviť všetky úradné formality potrebné na takýto zájazd. Pomáhal mu riaditeľ školy. Dokonca vybavil aj moju dovolenku v nemocnici. Dankova radosť nedávala inú možnosť.

24. Jún

Šťastne sme zvládli balenie. Prešli sme pasovou a colnou kontrolou letiska a čakáme na lietadlo. Môj Danko a ja. Letisko kropí dážď a my nastupujeme. Už odstavujú schodíky a OK787 sa rozbieha po betónovej dráhe a pomaly sa odlepuje od zeme. Držíme sa s Dankom za ruky. Mám strach, ale už sme voľní ako vtáci a predierame sa cez mraky. O chvíľu sa dvíhame nad ne a okolo nás je modrá obloha. Mraky sa ako veľké balvany váľajú pod nami. V nich miznú všetky starosti. Príjemné letušky sa starajú o naše pohodlie. Na moje prekvapenie neďaleko od nás sedí profesorka Vaculová! Onedlho sa pred nami objavuje toľko ospevovaný Leningrad. Hrdinské mesto a v ňom hrdinský ľud. Opúšťame krásne lietadlo a do odbavovacej haly letiska v Leningrade nás vezie hrkotavý predpotopný autobus. V hale je plno pohodených papierov, nevkusného nábytku, poškodených stoličiek. I potrhané kreslá v hale nás šokujú. Na Leningrad máme tri dni. Po skromných raňajkách v malej jedálni hotela nasadáme do slušného autobusu a absolvujeme prehliadku pamätihodností Leningradu.

25. Jún

Beží druhý deň zájazdu, robíme si samostatný program. Danko sa dobre orientuje, ľahko vyčíta ulice z mapy. Bez problémov nájdeme cintorín ruských velikánov. So srdcom plným úcty nepohnuto stojíme pri hrobe Dostojevského. Tak tu ležíš, môj Dostojevskij. Ako som sa borila s tvojimi myšlienkami a prežívala tragédie tvojich hrdinov. A tak postávame pri hroboch Glinku, Čajkovského, Borodina a ďalších a ďalších. Vychádzame z cintorína naplnení veľkosťou týchto slávnych a obdivovaných na celom svete. Pred nami je šedivá prítomnosť dnešného života občanov Leningradu. Popri veľkosti ducha ich slávnych sa stretávame s toľkou malosťou a biedou na každom kroku. Kto je „strojiteľom" toľkého kontrastu? Vodcovia, ľud, vrodená povaha? Každý národ si sám musí dávať otázku aj odpoveď.

S bázňou vchádzame do Puškinovho bytu. V duši si kľakám k posteli, kde naposledy vydýchol. Očami pohládzam stôl i stoličku, kde písal. Mlčíme. S úžasom vstrebávame do seba tento neuveriteľný zážitok. I keď sa zdá, že máme srdcia preplnené, vchádzame do štátneho múzea. I tu, koľká krása v obrazoch Briullova, Aivazovzkého, Šiškina a Répina, v sochách Rastreliho a Prokofieva. Návštevné hodiny sa končia a pred nami je ešte toľko krás, ktoré sme už nestihli pozrieť. Prechovávame si v sebe atmosféru obdivu, lásky k umeniu, ktorá zostáva v priestoroch z myšlienok návštevníkov. Pocit pri návšteve galérie sa nedá porovnať s pocitom prezerania výtvarných diel v knihách o umení. V galérií pociťujeme aj uvoľnenú energiu všetkých prítomných.

28. Jún

Krásne teplé slnečné ráno nás privítalo na prepychovej lodi, ktorá sa s nami plaví z Leningradu do Štokholmu. Biele čajky krúžia nad vodou, majestátne veslujú svojimi bielymi čierne lemovanými krídlami. Pred raňajkami si prezeráme našu loď. Švédske stoly sú pre nás príjemným prekvapením. O chvíľu nás víta ostrovné mesto Štokholm, plné zelene, skál a vody. Prezeráme jeho pamätihodnosti a mlčky postojíme pred čerstvým hrobom Olofa Palmeho. „Preklad biblie sa pokladal za kultúrny predel v živote národa", zachytila sa vo mne jedna veta našej sprievodkyne. V duši som tak trochu hrdá na náš národ, ktorý dostal preklad biblie i so slavianským písmom už v deviatom storočí nášho letopočtu.

„Keď porovnávame preklad biblie do národného jazyka a začiatok kresťanskej kultúry", vykladá sprievodkyňa, „predbehli sme o niekoľko storočí i taký vyspelý národ ako sú Švédi. Náš múdry Rastislav, ktorý povolal solúnskych bratov, aby šírili kresťanstvo u Slovanov, zomrel oslepený a zradený zlobou a závisťou. Na jednej strane zloba a závisť, na druhej strane dôverčivosť a nepredvídavosť voči nepriateľom, uvrhla náš národ na tisícročie do poddanstva."

Rozmýšľam nad výkladom a zdá sa mi, že medzi synmi Svätopluka nebolo výraznej, silnej osobnosti, ktorá by bola vedela viesť a zjednotiť väčšinu národa.

Popoludní máme voľný program. S Dankom si ideme pozrieť súkromnú výstavu sochára Carla Millesa.

„Pozri, mami", ukazuje mi sochu človeka Danko.

Stojí na veľkej božej dlani a rukou hrozí proti nebesiam. Nechápe, chudák, že ho vlastne Boh drží vo svojich rukách[16]. V Millesovej

---

[16] Táto socha menom „Božia ruka" je zobrazená na obale tejto knižky.

94

záhrade je dostatok priestoru i na oddych. Posedíme si na lavičke a vstrebávame do seba nové zážitky. Večer sledujeme zábavný program na našej lodi. Mládež tancuje.

29. Jún

Ešte máme jeden deň na Štokholm. Po raňajkách vyjdeme do ulíc. Prezeráme trh, kde nepoznáme veľa z ovocia, zeleniny a korenín. Ulice okolo trhu sú okrášlené stuhami, lampiónmi a znie v nich príjemná hudba. Po návšteve národnej galérie sme sa posadili na schody na môj sveter, ktorý som nosila v rukách. Vychutnávali sme atmosféru veľkomesta. Vrátili sme sa ešte do ulíc, do parkov. Keď sa trochu schladilo začal mi chýbať sveter. Nechala som ho totiž na schodoch pred galériou. Po vyše troch hodinách sme sa poň vrátili. Ležal tam, kam sme ho položili. Príjemné prekvapenie, oproti skúsenostiam u nás doma.

30. Jún

Znovu nad nami krúžia čajky, ktoré sprevádzajú našu loď. Vezie nás do Leningradu a popoludní sa lietadlom vraciame do vlasti. Zabudla som na všetko. Prešlo sedem bezstarostných dní. Čo ma čaká doma?

„Ako nám bolo dobre, mami! A predsa sa teším, že sme doma", hovoril mi Danko, keď sme vystupovali z autobusu pred jeho školou.

Inga nám bežala v ústrety a viedla nás k otcovi bozkávajúc a objímajúc nás oboch. Profesorka Vaculová vystupovala z autobusu. Prešla mlčky okolo nás. Radosť detí a zdalo sa i Daneho, zastrela všetky moje úvahy o vzťahu medzi ním a Vaculovou.

1. Júl

Ešte v polospánku som počula, ako mi niekto klope na okno. V spálni bolo pološero a mňa zobudili nárazy dvoch ôs do okenných tabúl. Pozorovala som ich. Narážali do skla, kam ich priťahovali záblesky nového dňa. Chcú sa dostať von zo zajatia. Nevidia, že okno je pootvorené. Nevidia, že treba zájsť za okenný rám. Láka ich svetlo slobody a nevidia reálnu cestu k nej. Akoby boli slepé. Dívam sa na nevidiace osy. Tak málo je treba, aby som ich správne usmernila. Urobila som to. Osy vyleteli. Ľahla som si ešte a zatvorila oči. Aj my sme také nevidiace osy. Narážame do skla svojich problémov a nevidíme cestu k oslobodeniu. Mám taký pocit, že niekto je pri nás. Niekto, kto nám môže ukázať cestu, keď prosíme o pomoc. Odovzdám sa tomu niekomu, a budem prosiť o osvietenie mojich myšlienok.

Vtom sa ozval telefón. Volali ma do nemocnice ihneď. Sotva som sa stačila poobliekať, už stála sanitka pred domom. Deti a raňajky som musela nechať na manžela. Zomieral môj pacient inžinier Javor. Včera večer ho poslali z kliniky zomrieť domov. Manželka neverí, že zomiera. Kým sme mu chystali transfúziu krvi, sadla som si k nemu. Bol nekľudný. Položila som mu ruku na čelo a pozerala som sa do tých prosiacich očí.

„Pospíte si, trochu sa ukľudníte a všetko bude dobre, pán inžinier", povedala som mu.

Odišla som od neho, od tých očí, ktoré mi dôverovali. Vedela som, že o chvíľu sa zatvoria naveky. Keď som vyšla od pacienta, čakala ma manželka. Pochopila, že je koniec. A predsa som v jej zúfalých očiach zachytila aj kúsok nenávisti ku mne, či k neláskavému osudu?

„Prečo ho necháváte zomrieť? Veď máte toľko možností aby ste ho zachránili!", vychrlila na mňa pani Javorová.

„Všetko sme využili, pani Javorová, viac nie je v našich silách."

Oprela sa o stenu a nepochopila, že jej zúfalstvo je i mojim zúfalstvom.

So zmätenými úvahami som sedela v pracovni a znovu sa ozval telefón. Na druhom konci sa ozval Martinov hlas. „Vítaj, Inga, doma. Dúfam, že sa cítiš výborne po tom krásnom výlete. Čo mi povieš?"

„Áno, bol pekný, ale porozprávam ti o ňom neskôr. Momentálne mi zomiera pacient a to je smutné. Som rada, že si zavolal, potešil si ma."

„Mám pre teba tiež prosbu pacienta: pán farár kašle, má horúčku. Veľmi by si želal, keby si mohla prísť k nemu na faru."

Bolo osem hodín. Mám ambulantný deň. Prácu ukončím najskôr o jednej.

„Martin, skôr ako o druhej to nebude možné."

„Dobre, ďakujem", ozval sa veselý Martinov hlas. „Budeme ťa čakať."

Na fare som ešte nebola. Stará ošarpaná budova. Dvere boli otvorené. Vošla som do tmavej, vysokej chodby. Bola neútulná, so starými, ošúchanými kobercami, bez obrazov, bez kvetov. Boli tam troje dvere, za jednými z nich som počula Martinov hlas. Zaklopala som na ne. Otvoril Martin. Stisol mi ruku. V pomerne tmavej izbe som zazrela posteľ s pánom farárom. Pán farár mal zápal priedušiek. Antibiotiká aj ostatné lieky som mala so sebou a dala som mu ich. Chvíľu som sa s ním porozprávala a odchádzala som s tým, že sa ponáhľam naspäť do nemocnice.

„Poď sa pozrieť do mojej izby", zaprosil Martin.

Jeho očiam a jeho hlasu som nevedela odolať. Izbu mal zariadenú starodávnym nábytkom, v rohu keramické kachle a v druhom veľké hodiny odbíjajúce čas. Sadla som si na stoličku k okrúhlemu stolíku, na ktorom mal Martin pripravené čaj, víno a zákusky. Rýchlo ma objal a pobozkal. Sadol si na vedľajšiu stoličku. Keď mi nalieval víno do pohára zašepkal: „Tak veľmi túžim po tebe, Inga. Tak veľmi som sa na teba tešil, ale musím sedieť na tejto stoličke. O chvíľu uvidíš, prečo." Z kuchyne bolo počuť gazdinú, ako umýva riady. O chvíľu všetko zmĺklo a gazdiná bez zaklopania otvorila dvere do Martinovej izby.

„Môžem niečím poslúžiť?", opýtala sa milo.

„Nie ďakujeme, kľudne si robte svoju prácu", s ironickým úsmevom odvetil Martin.

Gazdiná si ma premerala, odišla ticho z izby a dvere nechala pootvorené. Martin sa usmial, ale ja som bola stiesnená v takomto prostredí. Niečo rozprával, ale vnímala som iba jeho hlas. Zrazu vstal. Podložil kúsok papiera pod malého chrobáčika. Otvoril okno a pustil ho do záhrady. Vlna nehy mi zaplavila srdce. Tak veľmi sa mi žiadalo objať ho. Vstala som. Martin nepochopil, čo sa deje a hlasno povedal:

„Vo štvrtok prídeme na kontrolu s pánom farárom."

Podal mi ruku a mne nezostávalo nič iné ako odísť. Odchádzala som naplnená láskou k Martinovi. Každú minútu vedome i nevedome žil vo mne, v každej myšlienke. Cez jeho lásku milujem viac svoje deti, svoju prácu a tolerovala som všetko, čo robil Dane. Znepokojovala ma však moja túžba po Martinovi. Moja láska už prestávala byť láskou svätého Pavla. Začala som túžiť po jeho objatí a v niektorých chvíľach som chcela byť s ním ako jeho žena. Bol chaos v mojej duši. Nevedela som, kam by naše vzťahy mohli viesť. Ale jedno som vedela: Musím si v tom urobiť jasno. Inak som pokrytec horší ako Dane.

Sadla som si v parku na lavičku a po dlhej úvahe som sa rozhodla pre úprimnú spoveď s Martinom i Danem.

17. August

Danko sa vrátil zo sústredenia mladých matematikov. Za náš kraj vyhral prvé miesto na matematickej olympiáde. Dnes prišiel z celoslovenského sústredenia. Trochu bol roztrpčený, lebo získal druhé miesto a chcel byť prvý. Inga bola v pionierskom tábore v Zlatníckej doline pri Skalici. Otec s Dankom plánovali ju v nedeľu priviesť domov. Pred odchodom ma Danko súril:

„Mami, veď sa obliekaj, ty vari nechceš ísť s nami?"

Čakala som až do teraz na manželovo pozvanie, lebo mi nič o ceste nepovedal. Rýchlo som sa obliekala, vybrali sme sa pomerne pokojne. Prišli sme v pravú chvíľu. Inga nás už netrpezlivo čakala. V tábore sa začínal karneval. Inga mala oblečené šaty zo zlatého papiera so zlatou korunou a závoj z gázy so zlatými hviezdičkami. Za stolom v porote sedela profesorka Vaculová. Keď zbadala manžela vstala od stola a podišla k nemu. Dane však počkal na mňa a v pomykove ma predstavoval.

„Ale Dane, veď my sa poznáme s tvojou manželkou z nášho krásneho zájazdu".

Mlčky som počúvala, ako hovorí o Inge, o Leningrade, o Štokholme a trpko som sa usmiala na Daneho, keď skončila. Učiteľky karneval pekne pripravili. Inga vytiahla Danka aj do tanca. Deti vyvádzali, ani sa im nechcelo skončiť. Pomaly sa stmievalo a na dolinu sa niesol zvuk ako s piesní gréckeho gitaristu Kostasa Papadopoulosa. Na nebo vychádzal spln mesiaca a zlátil chodníky v zlatníckej doline a chodníky na pokosených strniskách. Inga bola radostná. Na karnevale vyhrala druhú cenu a častovala nás čokoládou a cukríkmi, ktoré dostala ako výhru.

„Mami, aký krásny deň a ešte krajší večer", povedala Inga.

Aj mňa naplnila radosťou. Zdalo sa, že i Danko je šťastný a zabudol na svoju roztrpčenosť z olympiády. Večer bol už chladný. Inge sme zbalili veci, zaniesli do auta a čakali na ocka. Išla som za ním pozrieť ku kanceláriám. Započula som nahnevaný hlas profesorky Vaculovej, ako mu vyčíta:

„Prečo si mi sľúbil, že ma odvezieš domov, keď si sem dotrepal celú svoju rodinu? Veď nemôžem predsa ísť s tvojou ženou v aute!"

Dane mlčal. Buchol dvermi a náhlil sa k autu. Nebadane som išla za ním.

3. September

Prešli prázdniny, deti už chodia do školy. Celý august som nevidela Martina ani farára. Moja breza už zhadzuje do záhradky a na chodníky zlaté listy a milióny semien. Čas rýchlo ubieha so starosťami i radosťami. Na pracovisko som vošla vchodom pre pacientov, aby som mala prehľad, koho dnes budem riešiť. Duša mi pookriala, lebo v očiach mojich pacientov sa zrkadlila dôvera i trochu lásky ku mne. Pri všetkých neúspechoch predsa je pár diagnóz, ktoré sa nám podarí úplne vyliečiť. Mnohým pacientom vylepšíme a predĺžime život. Čo viac môžeme chcieť?

Aj pán farár sa má dobre. Slúži omše, pochováva, krstí. Beatke narástli vlásky, tajomník sa mesiac neukázal. S chuťou som sa pustila do práce a v prestávkach som myslela na Martina. Akoby som mu bola poslala svoje myšlienky – o chvíľu zavolal.

„Prosím ťa, Inga, mohol by som ťa o jednej čakať pred nemocnicou? Prídem svojím autom."

„Dobre. Budem sa snažiť byť o jednej hotová, ak mi niečo neskríži tvoj plán."

Vedela som, že náš vzťah je zmätený a bolo ho treba ujasniť. Keď som skončila prácu a prezliekla som sa, už sa blížilo k pol druhej. Vyšla som z pracovne a našla som Martina sedieť na lavičke pred ňou. Čapicu žmolil v rukách a ako nesmelý žiak sa pozeral na mňa. Vstal, podal mi ruku a mlčky sme prešli k autu. Martin mi otvoril dvere a zamierili sme von z mesta.

„Nejdeme k pánu farárovi, veziem ťa trochu na výlet, aby si vedela, že leto je za nami, moja milá pani doktorka."

Keď sme odbočili na cestu do lesa, tušila som, že ideme na chatu doktora Vavru. Nezvyčajný výlet. Bola som šťastná, že sedím vedľa Martina. Zároveň som bola napätá a Martin to cítil. Cesta bola naozaj pekná, vystlaná popadanými pestrofarebnými listami. Martin bol dobrý šofér. Kazeta s juhoslovanskými pesničkami mi navodila príjemné spomienky, keď ma viezol ako autostopárku. Pozerala som naň ako prvý krát. Láskavý ušľachtilý profil jeho tváre vo mne znovu vzbudzoval obdiv.

„Poznám tú chatu, Martin. Boli sme tu na oslavách doktora Vavru", povedala som mu, keď sme pri nej pristáli.

Martin vybral z auta krabicu, z ktorej na chate vyložil na stôl plno dobrôt. Po dlhom čase sme sedeli spolu sami, nerušení ničím a nikým. Celý svet sa stratil a okolo nás bol kúsok raja. Nevedela som sa nasýtiť Martinovho hlasu a jeho pohľadu.

„Povedz, Martin, kde sa vzal krásny cit k tebe vo mne? Viem, že moje myšlienky a moja túžba sa prenášajú aj na teba a zvádzajú ťa."

„Inga", prerušil ma Martin, „nevieš si predstaviť, čo si vytrpím. Celibát v dnešnom svete minisukien, priliehavých tričiek, hlbokých výstrihov žien, keď v časopisoch sa tisne porno do očí, normálny muž ťažko dodrží. Žiaľ, som normálny muž. Nepatrím medzi vyvolených, ktorý nemajú problémy so zachovávaním celibátu. Poviete: dobrý kňaz, on si nezačína so ženami. Pár kňazov poznám, ktorý majú oblečené rúcho celibátu. Ich rúcho svieti a nesie požehnanie pre všetkých, s ktorými prídu do styku. Keď som s nimi, ich požehnanie prechádza aj na mňa. Myslím, že sú to vyvolení kňazi, obdarení silou božou. V osemnástich rokoch som ešte nevedel, čo ma čaká. Teraz, v mojich tridsiatich piatich rokoch, si vystúpenie z kňazstva neviem predstaviť. Vo svojom srdci si predsa nesiem lásku k Bohu, ale žiaľ i lásku k ženám. My máme všetko zakázané: nesmieme sa ženiť, nesmieme mať milenku, nesmieme sa sami ukájať, len realita života je pre väčšinu kňazov iná. Boh povedal Adamovi: Choďte, množte sa a naplňte zem. Je to vo mne, Inga. Nemusíš si vyčítať, že tvoja túžba ma zvádza. Sám v sebe túžim po tebe."

Jeho neha a láskavosť robili toto objatie neodolateľné. Cítila som, že ak v ňom zostanem, budem stratená. Uvoľnila som sa z jeho objatia a spýtala som sa:

„Martin, môžeš vypočuť teraz ty mňa? Ja ťa milujem, Martin, viac ako si myslíš. Ale nechcem, aby som sa to bála povedať pred Bohom alebo pred vlastným mužom. Zadarmo ti dávam svoju lásku a preto nemôže skončiť v posteli. Moja láska k tebe bolo to najkrajšie, čo ma mohlo v živote stretnúť. Milovala som ťa v tvojich kázňach. Pomáhali mi brániť sa pred mužmi a pomáhajú mi aj teraz premáhať krízu môjho manželstva."

Martin mlčal. Pozerala som sa na neho, ale nerozumela som výrazu jeho tváre. Po chvíľke sa Martin zasmial.

„Ach, Inga, ako všetko idealizuješ! Ja pokladám všetko za prirodzené, dané Bohom. Áno, chcel som byť s tebou ako muž so ženou, tak ma môžeš súdiť."

„Si tak pravdivo normálny alebo normálne pravdivý, nemám ťa za čo súdiť. Zdá sa mi však, že nie som prvá, ktorú si sem priviedol."

„Odpusť mi, nie si prvá. Možno ani posledná", hneval sa Martin. Ostalo mi zle. Bolo dobre, že som sedela. Bola by som odpadla. Položila som si hlavu na stôl a nič som nevnímala. Keď som sa prebrala, Martin ma držal v náručí a pri ústach mi držal pohár vína.

„No tak, trošku si upi, bude ti lepšie."

Odpila som si trochu vína. Podarilo sa mi vstať, obliecť kabát a poprosila som Martina, aby ma odviezol domov. Bola som strašne zmätená. Počkala som na deti. Skoro za nimi prišiel aj Dane. Spolu sme sa navečerali a každý si šiel po svojej práci. Dane sa na mňa pozeral ustrašene. Vyzerala som zrejme zničená. Po večeri som si zobrala najsilnejší prášok na spanie a hneď som zaspala.

4. September

Zobudila som sa o štvrtej hodine ráno. Na hrudi som mala ťažobu. Srdce mi rýchlo bilo a vháňalo bolesť až do hlavy. Mozog mi streštene pracoval. Všetky starosti sa preplietali a vytvárali pavúčiu sieť, z ktorej som sa nevedela vymotať. Znovu som zatvorila oči. Zdalo sa mi, že zaspávam. V tom mi prebehol nad hlavou ostrý zvuk. Otvorila som oči, ale nebolo nikde nikoho. Príznaky neurózy[17] sú tu...

Breza sa ticho kolísala, šelestila svojimi drobnými lístkami a kládla mi svoje zelené srdcia až na okenný rám. Možno ma zobudila breza. Neláskavý čas obchádza okolo mňa. Zmätok zaľahol na moju hlavu. Plačem nad svojím životom. Čo je môj život? Čo som? Som dobrá, som zlá? Som normálna či som blázon? Ležala som nepohnuto v posteli. Slzy mi tiekli po tvári. Vo mne plakala láska za Martinom. Nič som nevnímala. Duša nevnímala telo a samotne trpela vo sférach samoty a bolesti.

Neplačte, perly sĺz nízkej zemi,
že svet ten váš lásky nemá;
tu drží za vás výhlasné snemy
láska tá, čo tam je nemá:
a v snemy tieto vždy prístup majú
tie krásne duše, čo v svete lkajú.

Začala som si recitovať Sládkovičove verše. Akoby som čítala nápis uložený kdesi vysoko, nad dosah života. Ako záchranného lana chytám sa myšlienok Exupéryho, môjho Larigaudieho. Ako neviditeľné nitky lásky na mňa doliehal hlas Aitmatových

---

[17] Archaický koncept pre psychické ochorenie vyplývajúce z nevyriešeného konfliktu.

hrdinov. Okolo okien už začali klopkať prvé topánky. Do mojej mysle sa začala vracať realita. Dostala som ponuku na lásku, hovorila som si v duchu. Mnohé ženy by zajasali nad svojím víťazstvom. Moje víťazstvo zmietlo v mojom srdci obdiv k Martinovi. Je mnoho povolaných, ale málo vyvolených, povedal Kristus. Títo vyvolení boží by mali pochopiť tých obyčajných normálnych kňazov a nemali by im brániť, vstúpiť do manželstva aj v rúchu kňaza.

Deti už vstali. Bolo treba rýchlo odísť za povinnosťami. Koniec úvahám.

20. Október

Je koniec októbra, stromy a kríky sú oblečené do biela. Na východnom obzore zomieral posledný tenučký cíp mesiaca. Za ním už vychádzalo veľké červené slnko. Havrany sedeli na vrcholoch topoľov a briez, ako čierna čiapka na bielom zimnom kožúšku. Túto nádheru chladného rána som si v duši niesla do ordinácie. Ten tenučký mesiac, ktorý zomieral pred veľkým červeným slnkom, bol ako symbol našej lásky: láska Martina pred láskou božou.

Začínal nový týždeň. V čakárni bolo hneď od rána plno pacientov, medzi nimi aj farár. Sedel sám. Kaplán nečakal, odišiel. Prihovorila som sa pánu farárovi. To krátke zastavenie pred ambulanciou využila malá Beatka a podala mi kytičku klinčekov. Za ňou stála jej babička. Nemala som priateľa sochára, aby som mu sprostredkovala tento model piety, odovzdanosti a pokory, vpísaných do jej tvári. Keď som vstúpila do svojej pracovne, v duši som si niesla myšlienku dobrovoľnej obety životu i jeho Tvorcovi. Túto myšlienku mi vpísala do duše babička a jej obetavá starostlivosť o malú Beatku. Odľahlo mi, len Martinovo ignorovanie ma bolelo. Prežitá bolesť mi miatla moje myšlienky. Keď som si znovu pomyslela na babičku, odplavila sa aj moja bolesť do mora ľudského utrpenia. Ach, babička. Svojou pokorou a láskou vnášate bohatstvo do môjho života. Sestričke som prikázala zavolať babičku mimo poradia. Pacienti si určite mysleli, že je to za tú kytičku klinčekov.

„Zoberte pána farára miesto mňa", prihovoril sa pacient, ktorý bol na rade.

„Len choďte, len choďte", povedal pán farár, „i tak musím čakať na kaplána."

Chytila som ho za ruku a priviedla do ambulancie.

„Viete, pani doktorka, tí naši mladí nasledovníci majú i mimokostolné svetské starosti", povedal roztrpčene farár. „Dievčatá im nedajú pokoj", povzdychol ešte raz.

„No vidíte, pán farár, nebude náš tajomník nakoniec mať pravdu s tým celibátom? Nemali by ste ich oženiť?"

„Už aj Vy sa tak na to pozeráte, pani doktorka?", zadivil sa farár, lebo si pamätal moje predchádzajúce stanovisko.

Zmĺkla som. Neskoro som si uvedomila, že to povie Martinovi.

Popoludní Martin vyzdvihol pána farára bez ohlásenia. Čakáreň už bola prázdna, celé oddelenie stíchlo. Mne sa nechcelo ísť domov. Hlavu som si položila do dlane na stôl a plakala som. Slzy mi stekali až na zápästie a odtiaľ na stôl. Uľavilo sa mi. Zobrala som výsledky a lieky s tým, že sa stavím na fare a dám ich pánu farárovi. Po ceste som si to rozmyslela. Zobrala som ich domov, aby som mala príležitosť zavolať kaplánovi. Keď som po večeri všetko upratala, bolo pol deviatej. Dane a deti boli vo svojich izbách. Zdalo sa mi, že je ešte vhodný čas, zavolať na faru. S výsledkami na kolenách a so strachom v duši som vytáčala Martinovo číslo. Telefón nikto nezdvíhal. V duchu som ho ospravedlňovala. O deviatej som zavolala ešte raz. V telefóne sa ozval nahnevaný dievčenský hlas.

„Prosím, farský úrad."

Nezmohla som sa na slovo. Položila som slúchadlo. Čo robí v kaplánovej izbe dievčenský hlas o deviatej večer? Vysvetlenie je naporúdzi, ale ja som pocítila prudkú bolesť pri srdci a nevedela som rozmýšľať. Triasli sa mi nohy i ruky, slzy mi znovu vstupovali do očí. Ako rýchlo si za mňa našiel náhradu! Veď on si nerobí nijaké problémy z môjho odchodu. To iba ja som sa cítila zradená. Vo mne plakalo moje sebaľutujúce ja. Plakala zrútená predstava ideálneho Martina-kňaza, akú som mala vybudovanú od mojich detských rokov. Veď ma nezradil. Jednal pravdivo, hovoril pravdivo. Moja láska dala spravodlivú ranu mojim nereálnym ilúziám a ja pijem slzy vlastnej biedy do dna. Aj bieda mojej manželskej krízy ma ženie do bláznovstva. Začala som si citovať vetu profesora psychiatrie: Duševné zdravie je stav, v ktorom všetky duševné pochody prebiehajú optimálne a správne odrážajú vonkajšiu realitu. Všetky slová o láske sú krásne, ale kde je vonkajšia realita? Láska má krídla, ktoré by ju mali priniesť k výšinám rozumu a malo by sa to odzrkadliť v živote. Toto sú optimálne pochody, ktoré tvoria múdrosť. Veď v celej prírode sa v zrode nového života prejavuje múdrosť a dokonalosť. Avšak veľakrát je málo múdrosti pri zrode nového stvorenia u človeka.

Je noc. Mesiac vo svojej štvrti nádeje stúpa po nebi. Pri jeho svite ľudia spoznávajú svoju biedu a hľadajú vykúpenie. Láska rozdáva aj boľavé rany. Aj moja láska má ešte boľavú ranu. Ani raz som sa nespýtala, či je múdrosť v mojej láske.

28. Október

V hlbokom zármutku vám oznamujeme, že náš milovaný manžel, otec, syn... Michal Sekera, bude pochovaný dňa 1. novembra o šestnástej hodine.

Čítam smútočné oznámenie, ktoré ma čakalo ráno v pracovni na stole. Pani Sekerová naozaj už dávno nebola u mňa s modrinami na tvári. Alkoholická cirhóza pečene pochováva „milovaného" manžela. Posledná spoločenská pretvárka k zomrelým. Rozhodla som sa, že pôjdem na pohreb.

1. November

Stojím na cintoríne za celým smútočným zhromaždením. Slzy mi stekajú po tvári. Pani Sekerová stojí pri truhle s tromi deťmi. Najmladší chlapček má päť rokov. Ustrašené chlapča sa plačúc pýtalo mamy:

„Mamička, otecko už nepríde?"

Pani Sekerová v tejto smútočnej atmosfére vyriekla slová otrasnej tragédie otca alkoholika:

„Neboj sa, synček môj, otecko už nepríde."

Ľudia zmeraveli. Pani Sekerová začala hlasno plakať a my s ňou. Neplakala som nad Michalom Sekerom, ale sama nad sebou a nad svojím terajším životom. Myslím, že i pani Sekerová oplakávala svoj smutný život. Keď som sa trochu ukľudnila, zbadala som neďaleko príbuzenstva Michala Sekeru aj svojho manžela s kamarátom. Stála tam aj profesorka Vaculová. Nevedela som, či ma Dane videl. Opustila som cintorín a odišla domov.

Deti už boli vo svojich izbách, učili sa. Po večeri som sa pustila žehliť kopu pripravenej bielizne. Dane už dlhšie doma nevečeriaval. Už sme si na to zvykli. Čo som mu mohla vyčítať? Posledné mesiace som žila Martinovou láskou a nevadilo mi nič, čo Dane robil. Hľadal lásku, ktorej bolo doma poskromne. Ja za ním nechodím a Dane sa bojí zlyhania, ako sa mu to opakovane stalo po úraze. V dome bol však pokoj. Dane sa prestal opíjať, bol veselší, znášanlivejší. Je to vplyv profesorky Vaculovej? Bol to vplyv mojej radosti, ktorú som nosila v sebe?

V duchu sa vraciam k pani Sekerovej. Zlosťou reagovala na nedostatky manžela a manžel bitkou na jej zlosť. Nie je človek biedny tvor, ktorý tieto situácie nevie sám zvládnuť? Nemáme okolo seba nejakú neviditeľnú ochranu, ktorá by nám mohla pomôcť, keď prosíme? S takýmito myšlienkami som dožehlila a poukladala bielizeň do skríň. Porozprávala som sa ešte s deťmi o ich starostiach a objala som ich na dobrú noc. Vo svojej izbe som si kľakla na kolená a prosila som to čosi láskavé a dobré, čo som si myslela, že je pri nás, aby mi pomohlo nájsť správne riešenie.

9. November

Je nedeľa. V duši mám obavu, ako budem ďalej žiť. Ako budem ďalej žiť s Danem – bez lásky... Akýsi povrchný život, ako jesenné listy, ktoré plávajú na hladine vody. Nie, pre deti sa nerozvediem a možno aj pre seba, možno aj z obavy toho právnického procesu. Nerozvediem sa možno aj z obavy, že nie som schopná bojovať. Keď podá žiadosť o rozvod Dane – čo potom? Neviem.

Pripravila som raňajky a vybrala som sa do kostola. Stojím za stĺpom a čakám na Martina. Vyšiel zo sakristie. Vlasy mu neupravene padali do čela. Ani on nevyzeral šťastný. Jeho pohľad zablúdil ku mne neosobne, ľahostajne. V kázni mi odkázal:

„Neviďte svojho pána Boha v ľuďoch a nečakajte ani od kňaza, aby vám nahradil pomoc, ktorú máte prosiť od neho. Veď kňaz je tiež len človek."

Vyšla som z kostola trochu neskôr. Myslela som, že sa s ním aspoň na chvíľu stretnem. Nebolo ho. Tak som kráčala s trudnými myšlienkami na neho a na Daneho. Už fúkal ostrý severák. Pri vdýchnutí sa mi zlepovali nosné dierky a chlad som cítila za hrudnou kosťou. Čím viac som sa približovala k domu, tým viac ma bolelo srdce. Zabočila som do vedľajšej uličky a odtiaľ na poľnú cestu. Okrem mrazu som nič nevnímala. V duši mi doznieval odkaz Martinovej kázne. Áno, strácam ho. Nepopieram, že som s ním bola šťastná. Martin je láskavý a bystrý. Vedel, čo chce a naše vzťahy viedol tam, kam chcel. Ja som zlyhala a on s tým nerátal. Cíti sa urazený a možno aj trochu biedny. Ach, Martin! Pripol si krídla mojim myšlienkam a vložil si do nich radosť. Moje polámané krídla nechávam ležať pri tvojich nohách. Ako rada by som sa vyplakala na tvojich rukách, pri biede svojho srdca, nahote svojej duše, ktorá neskrýva bolesť, utrpenie a ničotu. Keď som sa otočila na spiatočnú cestu domov, preniklo ma velebné ticho chladného novembrového rána. Stromy a kríky boli postriebrené inovaťou. Chodníky boli zamrznuté a začula som klopkanie vlastných podpätkov.

A zima vonku krásne zvoní
V kopytách bielych bujných koní,
Čas lásku nikdy nedohoní.

Začala som si recitovať básničku. Veď doma čakajú moje deti na moju lásku. Akoby mi narástli nové krídla. Letela som na nich k ním. Pochopila som obetu vykonanú s milým srdcom, čiže milosrdenstvom. Ach, Martin, otváral si mi bránu svojho raja. Nechcela som doň vojsť, lebo sa mi zdalo, že o chvíľu by sa mohol zmeniť na peklo.

10. November

Vstala som utrápená a nevyspatá. V polosne a polobdení som počúvala hodiny ako odmeriavajú čas a moju trýzeň, ktorá mi zhrýzala dušu. I keď som nič nehovorila, moje trápenie sa šírilo v neviditeľných siločiarach, ktoré vysielame okolo seba. Zdalo sa mi, že ovplyvňujem svojou trýzňou celú rodinu. Musela som vyzerať veľmi zničená. Keď som odchádzala do práce, Dane prišiel za mnou.

„Odveziem ťa do práce. Chcel by som sa s tebou porozprávať", ponúkol sa.

„Ďakujem ti, mám ešte dosť času a prechádzka mi prospeje. Porozprávať sa môžeme večer", navrhla som Danemu.

Nič proti tomu nenamietal.

Dnes mám schôdzu. Gremiálna porada začala o desiatej. Nemala som chuť zapojiť sa do diskusie a čas som si krátila pozorovaním tvárí kolegov. Moje oči sa stretli s očami primára detského oddelenia. Našla som v nich záblesk radosti ako v očiach Martina. Aký krásny je dotyk ľudských sŕdc. Dotkne sa duše, poláska, poteší, ako vlny egejského mora. Vycítil moje trápenie? Usmiala som sa naň a priestor medzi nami sa vyplnil porozumením. Tak lásky odchádzajú a prichádzajú. Netreba sa zastreliť ani utopiť, kde treba žiť. Buď požehnaná múdrosť lásky, ktorá prehlbuje ľudský cit. Tak som sa vyrovnávala sama so sebou a pripravovala som sa na večerný rozhovor s Danem. Keď sa bude chcieť rozviesť, nebudem mu brániť. Sama žiadosť o rozvod podávať nebudem. Celú svoju lásku a myšlienky venujem deťom. A tak som odsedela gremiálnu poradu. Hlavná vec, že som podpísala prezenčnú listinu.

Vracala som sa z gremiálnej porady. Pred pracovňou ma čakal Martin. Prišiel po lieky pánu farárovi a nechcel sa zdržať.

„Odpusť mi, Inga, nič iné nám neostáva, len si odpustiť a milovať človeka takého, aký je. Boh ťa žehnaj."

Podal mi ruku. Martin bol milý a láskavý. Tiež som ho poprosila, aby mi odpustil. Obaja sme však tušili, že v tej pracovni sa už nestretneme. Martin odišiel.

Sadla som si a zobrala poznámkový zošit, v ktorom som mala myšlienky z jednej Martinovej kázne. *Najviac záleží v skutkoch na hodnote ľudskej myšlienky, pre ktorú skutky robíme. Myšlienka, s ktorou napĺňame svoje skutky od ranného vstávania po večerné líhanie tvorí hodnotu ľudského života. Prišiel som na svet ako najpokornejší, najbiednejší, najtrpezlivejší, aby si ty premohol svoju pýchu v mojej pokore a nadobudol trpezlivosť v mojej trpezlivosti,* hlásal nám v svojich myšlienkach Kristus.

Takéto myšlienky boli v Martinových kázňach. Pila som ich ako zem jarný dážď. Budem si ich ďalej čítať a vkladať do svojich skutkov.

Po ceste domov som rozmýšľala, či stratím aj Daneho. Náš vzťah sa mi zdal ponižujúci. Rozviesť sa? Predsa sa len dostanem k tým právnikom? Prestali sme sa spolu rozprávať, prestali sme sa spolu radovať i plakať. S takými trudnými myšlienkami som prišla domov a sadla som si do svojej izby. V zámku zaštrkotali kľúče. Dane hodil tašku na stolík a vzdychol si. Nešiel do svojej izby. Videla som, ako sa zľakol, keď ma zbadal. Nepovedala som ani slovo. V tichej atmosfére som pripravila večeru. Automaticky som sa zapájala do debaty detí. Po večeri prišiel Dane do kuchyne a navrhol, aby sme sa išli prejsť do parku. Súhlasila som. Deti sa už učili a my sme sa vybrali na prechádzku.

Do práce som odchádzala vždy skôr ako Dane. Až teraz som si všimla, že chodí bez palice. Kríval, ale v chôdzi veľmi nezaostával. Sneh, ktorý napadal, sa roztopil. Chodníčky v parku pokrývali listy jesene. Pripomínali mi gymnaziálne roky. Ako som mala rada tieto posypané chodníčky. Aká som bola šťastná s Tónkom, mojou prvou láskou. Bola taká krásna a ideálna, že sa musela rozpadnúť. S takýmito myšlienkami som ticho kráčala vedľa Daneho. Aby som sa zbavila ťarchy na duši, priamo som sa spýtala:

„Chceš sa rozviesť? Ak ju máš rád a našiel si lásku, môžeme sa rozísť. Nebudem ti to sťažovať, ani mať prehnané nároky."

Dane reagoval podráždene.

„Dnes som s ňou skončil. Keď som jej povedal, že svoju ženu mám rád, tak sa začala vychvaľovať so svojimi ďalšími milencami a zhanobila ma."

Reagovala som na tie argumenty nahnevane.

„Prečo si za ňou chodil, keď máš svoju ženu rád? Kto ti to má uveriť? Nezdá sa ti to nejaká divná láska? Nikdy som ti nič nevyčítala a vieš, aký je náš intímny život."

„A čo si myslíš, prečo som za ňou šiel?", pýtal sa dosť kľudne Dane a hneď aj odpovedal: „Chcel som si potvrdiť, či je to s ňou tak, ako s tebou. Priznávam. Zlyhal som ešte horšie."

Tieto verzie mužov o skúškach žien som už viackrát počula. Predsa sa mi zdalo, že Dane je úprimný. Mlčala som, lebo som nevedela, čo ďalej. Zmáčané lístie sme šliapali pod nohami. Tlmilo naše kroky. Toto zmáčané bezbranné, pokorené lístie mi navodilo myšlienku na Daneho krutosť po havárii, ktorou akoby bol šliapal po mne. Možno tou krutosťou reagoval na svoje pokorenie, lebo sa nevedel ani vyžalovať, ani vyplakať. Prečo som si to tak jasne uvedomila až teraz? Veď každý z nás je obyčajný človek a v nás obyčajná relatívna láska, obyčajné relatívne dobro i relatívna krutosť.

Keď som nič nehovorila, Dane pokračoval.

„Čo iné nám zostáva, Inga, ako si odpúšťať. Bol by som rád, keby si sa nerozvádzala."

„Ja sa nechcem rozviesť", prerušila som Daneho.

Chytil ma za ruku a cítila som, ako sa mu uľavilo.

„Muža nemôžeš súdiť podľa banálnej nevery. Veď hádam mám i nejaké dobré vlastnosti", povedal Dane. „Budem sa snažiť vám vynahradiť všetko zlo, čo som za tie dva roky napáchal. Skús prosím ťa žiť ďalej so mnou. Kus života máme ešte pred sebou. Čo iné nám zostáva, len si odpúšťať a milovať človeka takého, aký je", opakoval znovu.

Zarazili ma tie slová. Veď tie isté slová vyslovil Martin! V duchu som sa usmiala. Určite sa Dane stretol s Martinom u doktora Vavra. Tieto Daneho slová boli pozdravom od Martina. V duši mi bolo ľahšie. Blízunko. Posiela mi posolstvo, aby som udržala naše manželstvo.

Pomaly sme sa vracali domov. Dane ma po dlhom čase držal za ruku, ako kedysi.

Keď sme otvorili dvere domu, už pri nich stála malá Inga. Oči jej žiarili radosťou, že nás znovu videla spolu. Žartovne sa spýtala: „Na akej tajnej schôdzi ste vy dvaja boli? Len sa pekne priznajte!" Všetci sme sa zasmiali.

Je prvá adventná nedeľa. Celý náš dom spí, vonku je tma. Aj ja som vstala dosť neskoro na to, aby som prišla včas na omšu. A predsa som sa rýchlo obliekala a potichu som zatvárala dvere, aby som nikoho nezobudila. Zdá sa, že ani ostatným veriacim sa nechcelo vstávať do sychravého novembrového rána. Moje miesto pri stĺpe bolo prázdne. Martin práve končil kázeň. Videla som, že ma hneď zbadal. Sadol si na svoju stoličku. Hlavu si sklonil do dlaní. Keď vstal, pozrel na mňa a usmial sa. Ľutovala som, že som nepočula jeho kázeň. Možno v nej bolo aj niečo pre mňa, keď sa teraz tak pekne na mňa usmial. Aj ja som sa usmiala. V poslednej lavici boli voľné miesta. Sadla som si. Hlavu som si položila do dlaní, aby som v samote strávila Martinov úsmev. Čo je len v tom tvojom úsmeve? Úsmev plný údivu nad týmto našim stretnutím, ale predsa i radosti, ktorá sa iba tuší, ktorá je pre mňa tušením tieňa divov božích. Úsmev, ten div boží z tisícov jeho divov, ktorý daroval len človeku. Je tu tvoj úsmev, ktorý nik nevníma, iba ja ho prijímam ako dar prvej adventnej nedele. V tvojom úsmeve zostal odraz mojej lásky, ktorá je na smiech svetu ničoty. Zaväzuje ma bez slov a vedie do kráľovstva tej božej dimenzie, ktorú nik nepozná, iba ju tuší. Tvoj úsmev prvej adventnej nedele si schovám v srdci, aby sa usmial na nechápavý svet, keď ma bude ponižovať. Uchovám si úsmev ako dar bezbranných, ako bezbrehú rieku čistej vody, tajomný *Sezam, otvor sa*, cez ktorý sa vchádza do plnosti bohatstva, ktoré negniavi a neťaží na ceste a nezmení sa na nehodné kamene. Moja suseda v lavici ma chytila za ruku a spýtala sa:

„Nie je vám zle?"

„Nie, dobre mi je", ubezpečila som ju.

Postavila som sa, lebo všetci už stáli podľa príkazu liturgie. Až vtedy som znovu začula Martinov hlas.

„Prijmite moje posledné kňazské požehnanie."

Oznámil, že nás musí opustiť, lebo odchádza za farára do uvoľnenej farnosti. Veľa veriacich ho už nepočúvalo a tlačili sa ku dverám, aby sa mohli s pánom kaplánom rozlúčiť. Aj moja suseda odišla. Zostala som sama. Položila som si hlavu na lavicu a vracali sa mi myšlienky posledných dní. Po našej prechádzke v parku Dane prišiel takmer po dvoch rokoch ku mne do spálne. Ticho si sadol na peľasť postele a mlčal. Po malej chvíli mi pobozkal dlaň, zatvoril mi do nej svoj bozk a povedal:

„Ak budeš vedieť, že ma máš tak rada, ako ja teba, tak príď ku mne."

Odišiel. Bolo mi jasné, že Dane mi znovu ponúka svoju dušu, svoje uzdravené dobré srdce. Chcela som ho objať a pobozkať. Bolo to všetko nečakané a Dane odišiel skôr, ako som to stihla pochopiť. Bolo mi jasné, že za ním pôjdem. Uvedomila som si, že v úsmeve Martina bola jeho spoveď Danovi. Bolo mi jasné, že sa stretli. Martin mu všetko povedal a celú vinu zobral na seba. Preto ten Martinov úsmev, v ňom zmierlivá láska a odpustenie. Cítila som, že mi Dane sám povie o Martinovi, aby mi uľahčil moju spoveď. Ku mne prišiel pokoj.

Po ceste domov som si opakovala: Môj Dane sa uzdravuje, môj Dane sa vracia ku nám, ku mne a k deťom.